身体のいいなり

内澤旬子

朝日新聞出版

はじめに

今年で四十三歳になった。この数年の身辺変化のようなものを書いてほしいと言われ、しばらく迷っていた。書くことがないのではない。この五年の間に私の身体《からだ》とそのまわりに起きたことはとても奇妙で、自分でもおもしろいと思う。ただ、その一連の変化はすべて、二〇〇五年に三十八歳でステージⅠの乳癌に罹患《りかん》したことがきっかけとなっている。癌治療について書くのを避けることはできない。だが、いわゆる闘病記になってしまうことは避けたかった。癌については治療方法や闘病体験、民間療法、セカンドオピニオン巡りなどなど、膨大な参考書が世に出ている。中でも闘病記はとても多い。

国立がん研究センターがん対策情報センターによると、三十代後半からの乳癌罹患率は増加傾向にあるという。もはやとりたてて珍しい病でもない。初期に発見し治療すれば、致死率が格段に低くなるということも常識になりつつある。私の乳房にできた癌も初期だったので、直近に死ぬ確率は極めて低いと、はじめからわかっていた。とはいえ放っておけば進行し、死にいたる病であることも間違いないし、事実毎年相当数の女性がこの病気で死んでいる。

だからだろうか。癌に罹患し、治療をすることのすべてを不治の病と闘うと表現する人がとても多い。しかしそれはあくまでもステージⅢ以上に進行した状態の癌の治療に向き合う場合だろう。初期癌の治療で「闘う」と言われても、気恥ずかしく申し訳ない気持ちで一杯になる。

発見当初から、二度の部分切除を経て乳腺全摘出、そして乳房再建と手術を重ねても、現在にいたるまで、癌と闘っていると感じたことはほとんどない。いや、この拙稿を読んでいただければわかるように、それなりに大変な思いはした。けれども手術のひとつひとつ自体は盲腸並みに簡単なものだったように思う。盲腸の手術を受けたことがないから本当のところはわからないのだが。ともかく世の中にはもっともっと苦しい、それこそ文字通りの「闘病生活」を送っている人がたくさんいる。それに比べたら私の癌なぞ書くほどの体験とは思えない。

それになにより顰蹙《ひんしゅく》を買うことを承知で言わせていただくと、人間なんてどうせ死ぬし、ほっとけばいつか病気に罹《かか》る可能性の方がずっと高い生き物なのに、なぜみんな致死性の病気のことになると深刻になり、治りたがり、感動したがり、その体験談を読みたがるのかが実のところ自分にはよくわからないのだ。そんな体験談なぞ癌になる前から読みたいと思ったこともない。

それでもなお、自分の体験をまとめてみようと思ったのは、癌治療そのものだけではなく、今現在の自分が癌以前の自分と比べて異常に元気になってしまった経緯《いきさつ》もすべて書いてほしいと言われたから、ただその一点に尽きる。そりゃ癌を治療すれば元気になって当たり前と思う人もいるかもしれないが、初期の癌では体調に不快を感じるような自覚症状はほとんどない。本格的な悪さをする前の癌を切除したところで、手術自体から受けるダメージ以外、体調が変化することもない。私の場合は、癌以前から癌と関係なく身体の具合がとにかく悪かったのだ。

生まれてからずっと、自分が百パーセント元気で健康だと思えたためしがなかった。胃酸過多、腰痛、アトピー性皮膚炎、ナゾの微熱、冷え性、むくみ、無排卵性月経など、「病気といえない病気」の不快感にずっとつきまとわれて来た。身体は動くし普通の生活はできるのだけど、どこかがだるくつらい。特に三十歳を越してからどんどんきつくなっていった。

それが不思議なことに癌の治療中からすこしずつ元気になり、今ではギリギリとはいえ、どこも痛くも痒《かゆ》くもなく、夜は熟睡、朝の目覚めはすっきり、買いものにだって気軽に出かけられるという、健康な普通の人には当たり前のことだが、自分にとっては信じられない、夢のような日々を送ることができるようになった。

身体が元気になっていくと同時に、これがまたタイミング良く人並みに仕事をいただけるようになり、お金ができた。そうしてようやく、ずっと縁のなかったヒールのある靴を履くことや化粧をすることなど、普通の女性のたしなみ、たのしみであるところのさまざまなことに、手を出せることとなったのである。これがあったりまえにくっだらないことなのであるが、たのしい。

まさか四十過ぎの老いの入り口に、しかも全身麻酔の手術を何度も受けている間にこんな大転換があるとは思いもせず、一体自分の身体に何が起きたのかと大いにとまどってもいるのだ。

同年代の友人たちが体調の悪化や老化を憂いているときに、なんか癌なのに元気になっちゃったんだよ、と大騒ぎしていてちょっと申し訳ない気すらするのだが、これまでの暗黒の身体状態に比べれば、顔に皺《しわ》の一つや二つ増えるくらいの表面劣化なぞ、さほど気にならないということにすぎない。

というような病気とともに変化していった身体と心の一切合切を、行きつ戻りつ遡《さかのぼ》り思い出しつつ、これから書き綴ることとなります。癌もそれ以外のどの持病についても、専門的な知識も特に持ち合わせぬまま、自分で詳しく調べることもせず、自分がそのときできる範囲でできることをしてきただけの、場当たり的な治療と対応なので、同病を患う方々の治療方針の参考にはまるでならないであろうことをはじめにお断りします。

なんらかの病気のキャリアだったり、持病がある半病人状態でフルタイムで働いたり、家事子育てにキリキリ追われていたりするすべての方に、この本を捧げたいと思います。

身体のいいなり　目次

Ⅲ　ようこそ副作用

Ⅳ　乳腺全摘出、そして乳房再建

そして現在

イラスト　内澤旬子

ブックデザイン　葛西恵

Ⅰ　持病の歴史

腰は痛いものなのだ

腰痛

　幼稚園児のころから、じりつしんけい、とか、きょじゃくたいしつ、という言葉を知っていた。なにやらそういうものに常に悩まされていて、原因不明の熱を出し、よく医者にかかっていた。五十センチ定規をくわえたまま歩いて転んで喉《のど》から大量の血を噴き出したりと、外科の用事も人一倍多かったのだが、まあそれはさておき。

　お腹をすかせてちゃんとご飯を食べるという行為ができるようになるのも非常に遅い。三度食べるご飯は常に義務で苦痛でしかなかった。そして夜は眠れなかったらどうしようと不安になりすぎて眠れない。幼稚園の昼寝の時間に眠れたためしなど、ない。

　生きているという実感もあんまりなかった。いや、当時はそんな言葉も知らなかったので、ご飯を食べたり寝たりお風呂に入ったりと、そういう身体を動かす行為が面倒くさかった。絵を描いたり本を読んだりテレビを見たりしているだけでいられないものなのかと、ぼんやりと思っていた。当然のことながら、運動は大嫌い。体力測定をすると、背筋の値が異常に低かった。猫背だった。

成長するにつれてすこしは眠れるようになるものの、運動は相変わらず苦手だった。なにしろ行進しようと思うと右足と右手が一緒に出る。頭で動こうと思った瞬間に身体が思うように動いてくれずに無様な動き方をしてしまう。クラスメートどころか先生まで失笑する始末。運動すれば笑われるばかりなのに、しようなんて思うわけがない。背だけはひょろひょろ伸びたものの、ガリガリに痩せていた。

そのまま高校二年生になったある日の午後、だれかが椅子を引いたのか、自分が勘違いしたのか、椅子に座ろうとして、床に着地して尾骨をしたたかに打ち付けた。イタタタタとなったものの、その場ではすぐに立ち上がった。しかし放課後自宅に向かう途中、急に一歩も歩けなくなった。痛いのだと気がつくのにしばらくかかったくらい、衝撃的な痛みであった。しかしそれでもそのときは、しばらく接骨院に通って、それで一応治ったと記憶している。

次に腰が激しく痛くなるのは、大学生のとき。学園祭のポスターをちゃぶ台で製作していて、どっと来た。しかしこれも通院せずに何日かごろごろして治ったように記憶している。

決定的に腰痛が持病となったのは、大学を卒業して、苦渋の会社員生活にすぐ音をあげて逃げ出し、派遣社員として働きながらイラストの仕事をはじめようとしていた二十三、四のころである。九時から五時までコンピュータの前で数字を入力し続け、夜に営業用のイラストを描いて、雑誌編集部などを回っているうちに、だんだんとじわじわと腰が痛くなってきて、気がついたら歩くのもつらくなり、接骨院に駆け込んだ。今度は何ヵ月通っても痛みがとれることはなかった。痛みから逃れたいあまり、腰痛コルセットを一度装着したら痛みが軽減された。

これが地獄のはじまりだった。白いコルセットは骨盤を締めるように巻き付けたと記憶しているが（間違っているかもしれません）、はっきりいってかっこわるいし、どうしても薄汚れてくるので、すごくみすぼらしい。それなのに、寝るとき以外はずせなくなってしまったのだ。

若い女子がこんなものを身につけていては、色恋事にも支障をきたす。身体のラインに沿った服を着ると目立ってしまうために着る服も制限された。ヒールの高い靴なぞ履ける訳がない。それどころかヒールのない革靴であっても履くとかならず翌日腰の芯がずきずき痛くなるものまである始末。靴はスニーカーや踵のないもっさりしたものばかりとなった。

お洒落《しゃれ》は大好きだったので、着たい服も着れず、かっこいい靴も履けないという生活は、愉快ではない。しかしちょうどときを同じくして、海外貧乏旅行にどっぷりハマってしまっていたことと、実家を出てシェアハウス暮らしをはじめたことが相まって、お洒落できなくて当然、という気分になっていた。貧困国を放浪して帰ってくれば、どんな服でもピカピカの贅沢《ぜいたく》に見えたということも、ある。

もちろん人から紹介されていくつかの腰痛施療院にも出かけたし、水泳もした。自然治癒力を高めるというキネシオテープなどもためしたけれど、結果が出るまで治療を続けることができなかった。たいていの施療院が初回一万円、二回目から五千円程度の施療費をとる。家賃二万円を友人たちと折半していた極限の貧乏暮らしで、そんな大金を出せる訳がない。

腹筋を鍛える腰痛体操は結構ちゃんとやった。悪化は防いだかもしれないが改善にはいたらなかった。今思えばあんなゆるい運動では筋肉はつかない。減っていくのを防ぐ程度のものでしかなかった。とはいえ、筋肉をつけようとして筋肉がほとんどない身体で急激に運動をすると、かならず腰痛が悪化して翌日寝込むハメとなる。ちゃんとした運動をしたことがないので、そのあたりの加減がまったくわからなかった。

しかし腰痛は愉快ではないが、見方を変えれば痛いだけ。コルセットをすれば普通の生活もできる。命に関わる訳でもない。ひどいときはくの字になって寝ていればいいし。このまま一生コルセットをして暮らすのかと、親や知り合いには随分心配してもらったのだが、真剣に治そうと思い立つことはなかった。もともと健康で元気に過ごした時期がほとんど記憶にないので、執着もなかった。腰は痛いものなのだと、いつのまにか

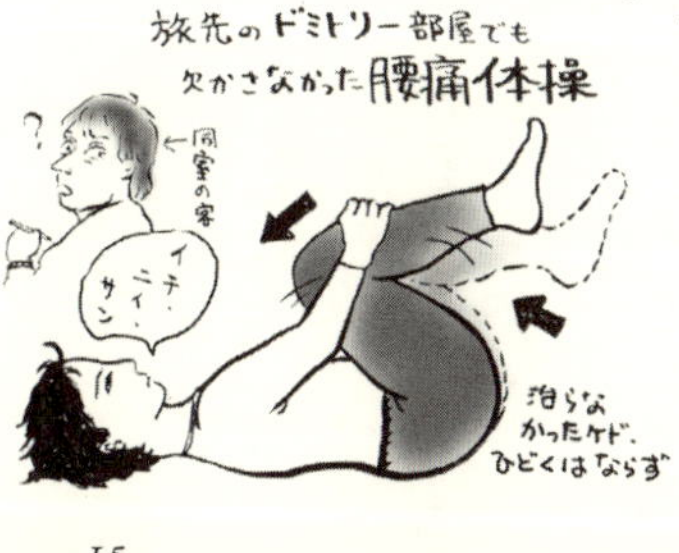
旅先のドミトリー部屋でも
欠かさなかった腰痛体操
同室の客
イチ・ニイ・サン
治らなかったケド、ひどくはならず

そう思って諦《あきら》めていた。

海外に出かけるのをやめれば治療費用は捻出《ねんしゅつ》できたはずだ。しかしそんなことは考えもしなかった。大金をつぎ込んでいろんな治療を試して、それが全部効かなかったときに落ち込む自分と向き合いたくなかったということもあっただろう。

コルセットを装着して、スケッチブックに絵の具に一眼レフのカメラにフィルム数十本にと荷物を詰め込んだ重いリュックを背負い、海外を歩き回り、安宿のバネのまるで利かない凹んだベッドに寝ると腰が痛いからと、汚い床に毛布を敷いて寝ていた。そんな状態のなにもかもが気にならないくらい、海外を歩いていることがたのしかったんだから、しかたがない。そういう暮らしを後悔はしていない。

あのときもうちょっとだけ真面目に運動をがんばってみればよかったかもなと、今になって思う。でもこればかりは本当に切羽詰まるところまでいかないとなかなか本気でやる気になれないものだ。

長らく腰痛持ちをやっていると、腰痛が本格的にひどくなる前の段階のほんのちょっとした異変に敏感になっていく。背中から腰にかけて、鈍くきしむ感覚や足の裏のつり具合、かがむとき、寝ていて起き上がるなどの動作に移るときに走る痛み、などなど。体を起こすときに腰だけに負担がかからないよう、手をついたり横向きになって体重を分散させることなどは、何度か支えきれずにイテテテテとやれば、染みついてしまうものだ。

しかしどんなに注意していても来るときは来てしまうのが腰痛。そしてこじらせると二日ほどは歩けなくなる。なるべく負担をかけない姿勢を心がけつつも、さらに予兆めいた痛みを探さずにはいられないというか、二十四時間無意識に体内を監視する癖がついた。で、わずかな予兆があればすぐに対策を練るし、何をしていて痛くなったのかを徹底検証する。

コルセットを巻いて、足に負担のかからないスニーカーを履いて、足を冷やさぬようにと四季を通じてだぶだぶのカーゴパンツを着用。お洒落からはどんどん遠ざかり、お洒落が好きだったことも次第に思い出せなくなっていった。

なにかものすごく不自由そうに聞こえるが、毎日多かれ少なかれ痛いのであるから、こうして腰様のよきにはからってすこしでも痛みを軽くしようとするほうが楽なのだ。あっという間に苦もなくできるようになる。

予兆腰痛から本格腰痛への移行を阻む対策として、整体やマッサージに行く人もいるだろう。しかし私の場合はもっと決定的にひどくなってから行くことにしていた。予算の関係もあるけれど、なによりどこの医者や施術師にも共通の「べつにそこまでたいしたことないのになんで来たんだ」という顔をむけられるのがすごくイヤだった。本来なら軽い予兆のときに揉みほぐしてもらうほうが重症患者も減るんだから、喜ばれてもいいはずなんだが。

というわけで、「あ、これは来るかも」と思ったらまずやることは、寝る。なんでもたいてい寝りゃ治るんで、とりたてて書くほどのことでもない。しかし、結局はここに尽きる。自分の場合は就寝時刻が深夜二時を回る日々が続くと確実に予兆腰痛がはじまることもわかってきたので、とりあえず十二時に床に就くことをこころがけた。

当時は今ほど仕事にも恵まれていなかったので寝る時間はたくさんあった。が、あまりにもたくさんあったため、好きな時間に好きなだけ寝られた。ちょっと読書や工作に夢中になると、朝方四時に寝て夕方起きるなんてことになる。

どうもこれがいけないらしい。人は深夜十二時には寝て、夜明けとともに起きるべきだという。信奉しているわけではないが、たしかにその時間帯に寝るようにすると腰の調子は戻る。予兆は消える。

しかし人にはどうしてもできないことがある。決まった時間に会社に出勤できなくてフリーランスになった人間が、腰が痛いくらいで夜更かしを完全にやめられようか。よって予兆腰痛がはじまるたびに、早寝するということとなった。

さてその「寝る」に途中からもうひと工夫加わった。それは足湯。どうも当時人と話すと無意識に「腰が痛い」と言っていたようだ。健康な人からすればうっとうしいことこの上ない。が、おかげで「これでよくなった」「ほぼ痛みがでなくなった」などという情報が集まってきた。

当時の自分の周りの腰痛持ちといえば、圧倒的にカメラマンだった。腰痛持ちでないカメラマンを探すほうが難しいくらいだった。重い機材を抱えて走り回るからだろう。デジタルカメラが普及する以前のことなので、機材はとっても重かったのだ。足湯情報もそんなカメラマンの友人から教わった。今のように足湯が流行《はや》る前のことだ。寝る前に足首までお湯につけて、身体全体が温かくなり汗をかくまで待つ。そして冷やさないようにして直ちに寝る。足だけお湯につけたところで、足しか温まらないではないか、と半信半疑だったのが懐かしい。いまや足湯は市民権を得て、足湯用の容器がたくさん売られている。当時はちょうどいい容器を探して東急ハンズまで行ったものだった。ただし足湯は予兆腰痛を軽減したものの、劇的な効果はなかった。強烈な冷え性だったためだろう。コルセットを外すまでにはいかなかった。ギシギシの中腰暮らしは続行された。

コルセットを外せたのは、二十八歳くらいだったか。あまりにもまっとうな理由だが、整体を受けてのことだ。取材をした布団屋さんが副業で中国整体をはじめていて、インタビューが終わった後に、ついでに診《み》てあげましょうと脈をとられたのだ。しばらく病院とも施療院とも隔絶していたのでたまにはいいかと診てもらったら、骨にもどこにも異常はない、むしろ健康とのこと。ぐいぐい身体をねじってぎゅうぎゅう押されて、はい、これでコルセット外して帰りなさいと言われた。そこは自宅から電車で三時間以上離れた場所だったので、途中で歩けなくなったらとものすごく心配だったが、その方の言葉を信じることにした。本当はコルセットをここに置いて行きなさいと言われたのだが、さすがにそこまではどうにも怖くてできず、あやまりながらカバンにコルセットを入れてびくびくしながら電車に乗った。

無事に家に帰ることができたときの解放感は、えも言われぬものだった。わあ、コルセットがないってこんなに楽だったのかと思った。が、残念ながらその解放感のほとんどは忘れてしまった。喉元過ぎればなんとやら、なんである。もちろんコルセットを外してからも、腰痛と完全には縁が切れない中腰暮らしが続くのだが、それでも夜更かしさえしないで気をつけていれば、ひどくなることはなくなった。

後述するが、ある程度の筋肉をつけていろいろ元気になった今となっては、全快と呼んでもよいくらいになった。先日ものすごく重いものをたくさん運んだときに実に久しぶりに痛くなったのであるが、それも風呂に入って身体を温めて寝たらけろりと治った。気がついたら縁が切れていたという感じだ。コルセットを外して以降、どうやってそこまで回復したのか、こまかい症状の推移すら覚えていない。

これから書くアトピーや癌も、痛みや痒みやだるさが消えてしまうと、苦しかった記憶もどんどん忘れて表から消えてしまうのだから、身体というものはおもしろい。けれどもどこかで覚えてはいる。すこしでも痛くなれば直ちに思い出し、ひどくしないようにと速攻で対応するだろう。

これが同じ病気にまつわるものでも、心の痛みとなるとそう簡単には消えてくれない。もっとずっと長く心の片隅に居座り、ことあるごとにちくりちくりと刺し続けるのだ。

痒の苦しみ

アトピー性皮膚炎

アトピー性皮膚炎という言葉はいったいいつから使われだしたんだろうか。

私が子どものころは今ほどよく聞く言葉ではなかったように思う。中学一年生のときに唇と口の周りの皮がぼろぼろと剝《む》けて剝けて止まらなくなって、皮膚科医院を訪れたときも、老先生の口からアトピーという言葉を聞くことはなかった。

私の口の周りは皮が細かく鱗《うろこ》のように浮いて真っ白だったので、先生は開口一番、「かわいそうに、学校でいじめられてないかい？」と心配してくださった。

口を理由にいじめられたり気味悪がられたりした記憶は、どういうわけかまったくない。中学校は校内暴力が吹き荒れ、クラスのだれかが常に交代でのけものにされ、私もその例外ではなかった。それで胃痙攣《いけいれん》をおこして夜中の救急外来でモルヒネを打ってもらったこともある。が、口のことを言われた記憶はないのだ。不思議だ。よって不快ではあったがそれほど気にしなかった。

処方された軟膏《なんこう》は、副腎皮質ホルモン、つまりはステロイドだ。よく効くのでべたべたに塗りまくっていた。すこしだけ、利き手と逆の薬指で撫《な》でるようにそっとつけるのが今では常識だが、そんな指導はまるっきりなかった。のんきな時代だ。だいぶ目立たなくなったけれども、口の周りの皮膚はおかげで今もワントーンだけだが黒くやけている。

皮膚が剝けると、皮が周りにぽろぽろと落ちるし、見た目はとにかく醜悪だ。そして口の皮がひどく剝けはじめると耳の穴の中の皮も同時に剝けてくる。これを耳かきで掻《か》き出すのはもっのすごくたのしかった。毎日直径一センチくらい耳の皮が剝けるのだ。大きく穫れるのがうれしくてとりわけ大きいのをマッチ箱に入れてコレクションしたり、鉛筆でぐるぐる耳を掻いて、黒くなった皮を「収穫」したりしていた。

とまあ、症状のひどさの割にのんきな感じではじまったアトピーとのつきあいは、その後も細々と続き、比較的調子の良い時期でも香料の強い口紅を塗った日にはかならず夜に皮が一枚剝けた。

アトピーが口以外のところに広がったのは、三十を越してすぐのことだ。お金をけちりながら自費で海外取材を重ねていたころだ。プラハからソウルに着いてシャンプーがなくなったのでコンビニで適当なシャンプーを買って使ったら、翌日東京に向かう機内でどうしようもなく眼が痒く

なった。眼科で薬を処方してもらい、一時沈静化したものの、しば

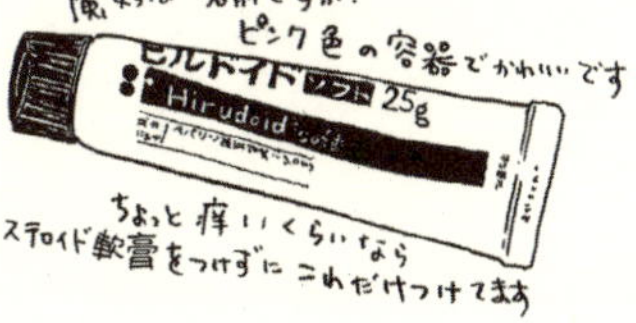
アトピーの人ならば
おなじみの 保湿剤ヒルドイド
魔女っぽい名前ですが.
ピンク色の容器でかわいいです
ちょっと痒いくらいなら
ステロイド軟膏をつけずに これだけつけてます

らくするとまた出てきて、薬も効かなくなった。

眼とその周囲、鼻の穴、ほほ、口の周り、ひじの内側、膝裏《ひざうら》と、痒くてしかたがない部分は広がり、皮膚科に鞍替えしても治らない。掻くと皮膚が裂けて余計に痒くなり、顔は赤くまだらに腫れた。痒みに耐えかねて寝ている間に擦《こす》り続けた目頭はパックリ裂けてしまった。ただでさえ浅い睡眠は痒みのためにほとんどとれなくなって、日中もいつもぐったりと疲れるようになった。

これには相当参った。あとから罹る癌よりも、私にとってはるかにつらい病であった。何度か病院を替えていくうちに、医師の心ない対応にどんどん不信感を募らせる。こちらは毎回過度の期待をもって新しく処方された薬をつけるので、効かなかったときの落胆も大きい。そんなノイローゼじみた患者の恨み言を受け流したくなる医師の気持ちもわかるのだが……。

自然食品や漢方薬などの民間療法を試すにはお金がないし(読んでいてうんざりするであろうが、結局はそこに行きつく)どうも信用できないのでほとんどやらなかった。

それでも肌につける石鹸、シャンプー、化粧水、乳液などはどうにかせねばならない。つけないに越したことはないと言われても、子どもじゃあるまいし、なにもつけずにいられるわけがない。しわしわのガサガサになってしまう。基礎化粧品がそんな具合なのに、その上にメイクをのせられるわけがない。さらば口紅アイライン。

世間では私が中学生から三十すぎになる間に、大人のアトピー人口は増加して、だれもが認知するメジャーな病気となっていた。需要があればビジネス成立。アトピー女子の弱みにつけこんだ「肌にやさしい」「無添加」「無香料」ついでに「エコ」な基礎化粧品とメイク用品が山のように出回るようになっていた。

もちろん値段に幅はあるものの、概して高額。これまで使っていた石油由来の製品はどういうわけか安いのだ。そういう価格に慣らされていた身としては、この出費は痛いなんてもんじゃない。なんでも安ければいいや、いい匂いのするのがいいやと選んでいた日々よ、いずこへ。

心配した友人たちが、あれがいいこれがいいよといろいろなものをすすめてくれるのすらも、だんだんとつらくなってくる。腰痛のときと大違いだ。痒いことと、顔が醜くなることに精神的にも相当大きなダメージを受けていたということだろう。だんだん人に会うのすらも憂鬱《ゆううつ》になり、イライラを募らせて、そんな風だからか仕事もまるでふるわず金もなく、底なしにどん詰まっていったのであった。

アトピーがひどかった三十代前半の時期は、ちょうど結婚をして、家賃が破格のというかないも同然のシェアハウスは暮らしから、都内の標準的な（それでも夫婦折半だったのだから、高くはなかった）家賃を払う暮らしになったにもかかわらず、収入はジリ貧になっていくという、極貧時期でもあった。そんなわけで、基礎化粧品のセレクトには頭を悩ませた。

顔じゅうが赤く痒く腫れていた絶不調期は、化粧水はおろか、石鹸すらも使えなかった。だれからすすめられたのか忘れたが、オリーブオイルでできたアレッポの石鹸で顔も身体も髪も洗うようになる。やけくそぎみに、髪を自宅のバリカンで坊主にしていた時期もあった。髪の状態を気にせずに済んだし、美容院に行く費用も節約できた。なにしろムースやスプレーを使えばすぐに眼がチクチクと痒くなるのだから、髪型をどうこうしようと思うと大変な工夫が必要になる。そのため、あーもう面倒くさいや、となったのである。

アレッポの石鹸は刺激が少ないだけでなく、皮脂を取りすぎないので、化粧水をつけなくてもまあなんとか我慢できる状態を保てた。安くはないけれど、豆腐半丁くらいあるので、経済的だ。いまでも顔はこれで洗うし、旅行中は髪も洗っている。当時は洗顔後にヒルドイド軟膏をギシギシと塗って（化粧水をつけないでいると肌はどうしてもがさつくので軟膏のノリすら悪い）、おしまい。肌がつるつるだとかしっとりだとか、毛穴が皺が、なんてことをかまっている余裕は、ない。とにかく刺激しなければそれでよし、の日々だった。

髪を石鹸で洗うなんてと、おどろかれるかもしれない。アトピーがよくなった後のことだが、癌治療のために入院し、収入がほとんどなかった年には、アレッポの石鹸すらもケチってお湯で洗っていた。

頭皮というのは洗えば洗うだけ皮脂の分泌が多くなる。ところがそれなりの洗い方をしていると、はじめはベトつくものの、だんだんと皮脂の分泌が少なくなってくるという。そんな情報を聞き及んでから半信半疑で石鹼にして、それからお湯に移行してみたが、たしかに二カ月くらいでベトつかなくなった。

たまに酢をリンス代わりに使った。酢のリンスは髪のキューティクルがきゅっとしまるようで、指通りもなかなかいいのだが、どんなに洗い流しても匂いがとれないのが難点だった。特に米酢はキツイ。ちょっと汗をかくと頭皮から酢飯の匂いがぷんと香り、さすがに悲しい気分になる。

女性としてのたしなみがゼロになるのはまだいい（？）のだが、マイナス、つまり汚かったり臭かったり、となるのは、困る。レモン汁やクエン酸粉末を溶いたものを使えば匂いはないが、酢よりは高い。あるとき、頂き物のマンゴービネガーを試したら、マンゴーの香りがついてとても良かったが、もちろんとてつもなく高価なものであるからして、自費で購入するのは論外。

肌に刺激を与えないものを作るのにそれなりにコストがかかるのはわかるのだが、そういうものを必要とする人間はたいていたい弱ってい

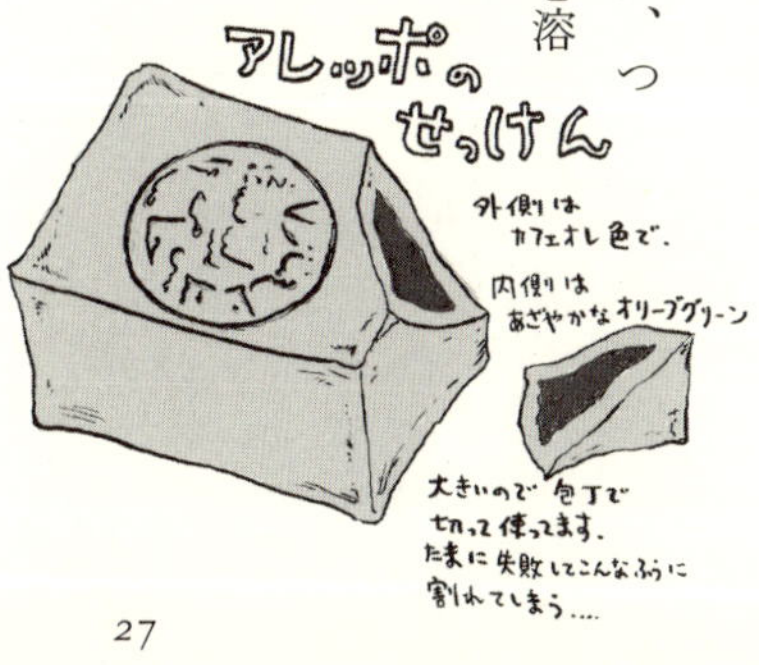
アレッポのせっけん
外側はカフェオレ色で、
内側はあざやかなオリーブグリーン
大きいので包丁で切って使ってます。
たまに失敗してこんなふうに割れてしまう….

るのである。弱っているということは、すなわち潤沢な生活費を工面できるほど働けていない状況にあることが多いのではないだろうか。周りに経済的にサポートしてくれるだれかがいれば良いが、そうでない場合、アトピーのストレスと金欠のストレスと二重に苦しめられることとなる。

アトピーに効くとか、肌本来の力を引き出すとかいう文句でゼロがじゃらじゃらついた値段が明記された、いかにも効きそうな化粧品や食品を見ると、まっクロな気持ちになり、弱みにつけこんで阿漕《あこぎ》な商売しやがってこの野郎、と毒づいていた。

操体　ある日突然、腕がくるくる回る

なにもかも信用できず、仕事もなく、人と話すのも会うのも嫌でよく眠れず、痒くて身体がギシギシに凝り固まっていたころに、知り合いを介してHさんと出会う。操体という治療術を勉強中とのことだった。

安い値段で施術してあげると言ってくださった。アパートの一室で足指を一つずつつまんでほぐしてもらい、身体のどこかに手を当てて、身体の中に流れのようなものを作るという。気功とはまたちょっと違うらしい。そういうものを全面的に信じているわけでもなく、かといって憎んでいるわけでもなかった。腰痛やアトピーが治るかもという期待も実のところなかった。

要するにHさんがとてもおもしろい人だったのだ。でなかったらよくわからない施術を安いとはいえ受け続けるわけがない。彼女のことに紙幅を費やすのはこの本の趣旨から外れてしまうので割愛するが、Hさんに逢《あ》いたくて、なんとなく通って寝ころんでおしゃべりしながら施術を受けていた。

彼女は他にも仕事や生活に疲れた編集者やデザイナーたちに施術をしていたが、どうやら他の人は手を当てられるとコロリと寝てしまったり、身体が勝手にほぐれて動いたりするらしいのである。操体とはそういうものらしい。

ところが、私の場合はどこもピクリとも反応しなかった。指を当てられた部分はわずかになにか変化があるような気もするのだが……。意識も覚醒《かくせい》状態のまま。それでも一度うけた鍼灸《しんきゅう》のような恐怖感はなかったし、そこはかとなく気持ちいいとは感じられたので、暇だったしごろごろさせてもらいに毎週通いつめた。

そのHさんの家の向かいにあったのが、アレルギー内科の医院だった。いいらしいよとHさんに言われてなんとなく行く気になり、門をくぐった。

その先生はものすごく早口で、機関銃のようにアレルギーについて説明しはじめ、免疫力に下駄をはかせるための投薬治療と、肌の炎症を抑える対策として適量のステロイドを使うことなどを決めていった。軟膏数種類のほかに、目薬も三種類、さらに点鼻薬もあった。一日三回だか五回だか、もう忘れてしまったが、たしか食後などでなく、数時間おきに飲んだりさしたりしなければならないものであった。痒くて寝られない状態を強制終了させるための鎮静剤も入っていたように記憶している。それぞれ投薬の間隔が違うので、朝起きてから寝るまで一時間か二時間おきに薬をさしたり塗ったり飲んだりしなければならない。覚えきれず、メモをとった。不規則な生活をしている身にはかなり難しいスケジュールなので、しかたなくある程度規則的な生活を心がけた。

投薬は三カ月ほど続き、その後三カ月かけてすこしずつさすものも塗るものも飲むものも減らしていった。一錠でも飲み忘れれば効果は格段に弱くなるし、途中で良くなったからと決められた投薬期間を守らずにやめてしまうと、再発したときに投薬しても効かなくなると説明され、必死に時間を守って飲んだ。薬というものはそういうものらしい。はじめて知った。

半年後、症状はほぼ消えた。唇のこまかな水疱《すいほう》もなくなり、皮も剝けなくなって、眼も痒くなくなった。鼻の皮も剝けなくなった。鼻の穴の痒みも消えた。そしてなにより憂鬱だった、眼の周りやほほなどの荒れ、赤み、腫れもなくなった。心の底からありがたいと思った。ただし、なくなったからと言って、腰痛と同じくいつ同じ症状がでるとも限らない中腰状態。二度とひどい状態になるのはごめんなので、とにかく刺激を与えないようにと、すっぴん続行。香料もこわいので、メイクやネイルは論外、洗髪も石鹼、コンタクトも無理と、ナチュラルといえば素敵にも聞こえるが、実際にはかなり見苦しい外見をさらすこととなった。

なにしろ三十をいくつも過ぎている中年なのだから、本来ならばいろいろ隠さねば人前に出るのに失礼にあたる年ごろだ。実家の母に会うたびに口紅くらいはつけなさいと怒られた。

しかしこれまで真っ赤に腫れて皮がボロボロ剝がれた顔を人前にさらしていたのだ。すっぴんで歩くくらいどうということもない。それにようやく手に入れた痒くない日常を手放したくない。なにかをつけてまた同じ思いをすることを想像すると、怖くてたまらなくなる。客商売じゃなくて本当によかった。

当時はデパートの化粧品売り場を歩いて匂いを嗅《か》ぐのすらも痒くなるようで近づけなかった。香水や化粧品の匂いをぷんぷんさせている人にも近づけなかった。添加物の多そうな食品も遠ざけた。完全に思いこみだがそうせずにはいられなかった。

アトピーになって、しかももっときつい症状に見舞われても、果敢にメイクに挑戦したりしている女性もいる。社会でのポジションがそうさせるのかもしれないし、本人のやる気の問題も大きいだろう。いずれにせよ、頭が下がる。

私はお金がないことを言い訳にしてそういう努力を一切放棄して、女のたしなみを怠け、なにもかもを捨てたのだとも言える。しかし当時の私には女のたしなみを維持する気力なぞ本当に一ミリたりとも残っていなかったのだった。

アトピーの症状は、落ち着いてからも年に一回はぶり返して唇が腫れ、皮が剝け、眼がちくちくして痒くなってきた。そのたびに軽く投薬治療をする。腰痛と同じで予兆段階で分かれば、抗アレルギー剤を寝る前に一錠、十日間くらい飲む。それだけで、症状は出なくなった。

先生は、私のアトピーの症状が出る原因として、スギ花粉と、ハウスダストが考えられると言う。家の中は古本が積みあがっていて掃除もままならなかったから、ハウスダストとカビだけは売るほどありますと申告すると、それだと苦笑いされた。何とかしたいと本を処分しても、まるで追いつかなかった。以前はまったく苦にならなかった本の山が、このころからすこしずつ憂鬱になりはじめた。積み上がった本の量に見合った成果を全然だしていないことも気になりだして、憂鬱はどんどん増していく。

ところで操体施術はどうなったのかというと、週に一回、三年半通って、ある日突然くるくると意識とはまったく関係なく腕が回りはじめたのである。そういうふうに動かしたかったように身体が動くといえばいいか。意識はちゃんと覚醒しているので、ものすごくびっくりした。Hさんに身体が動かしたくなくなるまでそのままでと言われて、ありゃりゃりゃーと呟《つぶや》きながら五分くらいぶんぶん腕を振り回していたのではないだろうか。

そして終わった後の身体には、透き通ったものが流れるような爽快感が満ちた。身体をいつも覆っている霧がすっきりと晴れたような感じだった。これか。これだったのか。これが操体というものなのか。

よくこうなるまで三年半も信用して通ってくれたね、ありがとう、と言われて改めて自分がまるっきり施術に反応してこなかったことに気づいた。どれだけ私の心身はかたくなだったんだろう。またHさんもそのことを不満にも思わず、口にもせずに、よく三年半も施術してくださったものだ。頭が下がる。

この感覚を覚えておいて。身体がだるくなったりこわばったりする前に、自分で毎日この状態に持って行けるようになりなさいと言われた。なるほど、身体の中に溜まっていく澱《おり》のようなものをこうして流すのか。

本来ならば普通に睡眠をとればできることなのかもしれないが、それが私にはまったくできていないのだ。目覚めた瞬間からだるく疲れている。だからこそさまざまな体調不良を呼ぶのではないかと、漠然と思い至った。あまりにもおおざっぱな考えだが、外れてはいないように思えた。それからほどなくしてHさんの家庭の事情で、施術は終わる。

自力で身体の中の流れをよくするために、どうしたらいいのだろう。施術のときに受けた感覚だけが頼りだった。

身体がほぐれて透明な流れが巡るような感覚。これを自力で作るには何をしたらいいのか。いいかげんな知識からのあてずっぽうだが、有酸素運動がいいのではないかと思った。呼吸をしながら体を動かす。二十代前半のときにすこしやってみた水泳を再開したいところだが、アトピー持ちになってしまった今となっては、塩素のきつい水に身体を入れることを考えただけで眼や膝の裏が痒くなる。無理だ。

太極拳はどうだろう。母親は五十歳からはじめ、恐ろしいくらい元気になり、とうとう先生の資格をとってしまった。相談すると、是非やりなさい、あなたの歳ではじめたら相当いいところまで行ける、と興奮気味に語りだした。

うう、これがあるから習い事は嫌なのだ。どういうわけか、生徒全員が習熟を目指すのではなく、ランクアップを目指してしまう。好きではじめるものなら、まあそれもしかたないけれど、単に体調の調整のためにやるのにがんばってたまるか。がんばらなければならないのは、仕事だけでたくさんだ。

というわけで、母から教わらない道を模索していたら、近所に住む、やっぱりがんばるのがとても嫌いな女性Kさんが、太極拳をやっているというので、教えてもらうことにした。晴れた日に小石川植物園や谷中霊園などに行って準備体操と、二十四式という一番初歩の型式を教わった。一番はじめの三つくらいの動きをくり返しやっただけでも、なんとなく調子が良い。身体の芯からほぐれるほどではないが、身体のこわばりはとれる。

ただし問題が二つあった。一つは、手も足も左右で違う動きをしなければならないということ。私は生来右と左の区別がつかないので、

Tai Chi 24 form
マトモにできないままやめてしまいましたが、へなちょこでもやると身体がきもちよかった。
←このポーズもたぶんどっか変!

太極拳のような複雑で流れるような動きを習得するのにどうしても時間がかかるし、教えてもらう人と向かい合わせになると、どっちの手を上げていいのかすぐに混乱する。「右足よ、右足」と言われるとかならず焦って左足を上げてしまうのだ。Kさんは辛抱強く教えてくださったが、申し訳なかった。

二つ目はもっと致命的だ。太極拳をやるにはある程度の広い場所、最低でも八畳くらいが必要だったのだ。

そのころの私はといえば、三十半ばの働き盛りというのに、気力だけで動いていたと言っても過言ではなかった。外をすこし長く歩くだけでくたくたになり、だれかと話をしただけで体がこわばって眠ることすらできなくなる。体力がゼロに近くなりつつあった。

ストレスから解放されるはずの海外旅行ですらも、現地で体がこわばる。そう、二十代で覚えた貧乏旅行は、いつのまにか自費取材をいくつも入れ、予定をパンパンにしてガイドを雇い朝から晩まで駆け回るようになり、趣味とはいえないものになっていた。

昼日中言葉の不自由なガイド兼通訳としゃべり倒し、値切り交渉をしてくたくたとなり、もちろん安宿のベッドが腰にいいわけもないので冷たい床に毛布を敷いて寝ることとなり、体はこわばったまま、心地よく眠れたこともなかった。

足湯でもしたいところだが、バスタブつきの部屋に泊まらない限り、旅先での足湯は難しい。いまなら空気を入れて使う携帯足湯器があるのだが。

覚えたところまででも太極拳をやれば、ちょっとしたこわばりくらいはとれる。ぜひともやりたい。しかし、あの他人からみれば奇怪でしかない動き（しかもへたくそ）を人前で一人でやるのはなかなか勇気が必要だ。

どうしようもなくなってイランの安宿の中庭でやったときには住み込み従業員の少年に「ジャッキー・チェン!!　フー！」と大喜びされてしまった。イランでは外国人であっても女性は全員ロングコートとスカーフを着用しないと入国できない。脱ぐのを許されるのは室内だけだ。そのときはたまたまベトナムの僧衣をコート代わりに着ていたので余計にカンフーマスターっぽく見えたようだ。日本人や韓国人旅行者の視線も痛い。

いちいち騒がれたり注目されてはほぐれるまでやることも難しい。もっと狭い場所で、とりあえず人前ではないところで確実に身体のこわばりをほぐす方法はないものか。

体力の目減りと同時に、もともと少なかった収入がさらにジリジリと減ってきた。そもそも細かく描き込むイラストは、描き上げるのにものすごく時間がかかる。所要時間が原稿料に反映するなどということもない。だからこそ同じタッチで描く人が少なくて仕事にありつけたともいえるのだが。もっと早い時点で自分の仕事にかかる時間とギャランティのバランスをきちんと計算するべきだった。が、なにも考えないまま、手間のかかるタッチに、手間のかかる取材や調査と、理想ばかりを追いかけ、気がついたら身動きがとれなくなっていた。少ない収入を賄う仕事をこなすことすらも、身体がついていかなくなってきた。

イラストの仕事も雑誌の仕事も、原稿引き渡しの締切はあるのだが、原稿料支払いの期日を知らされることは少なく、そもそもいくら支払われるのかすら尋ねなければ知らされないことが多い。しかも原稿料の相場は七〇年代から据え置きという噂すらある。

発注する側はまさかこの仕事の原稿料を生活のあてにはしてないだろうと思っているようだ。でなければこんな状況はありえない。それでもなおこの世界で、しかも原稿料だけで食べていこうとするならば、原稿料の交渉をかならずして、さらに生活に必要な収入よりも相当多めに仕事をこなしていくしかない。多くこなすためには早く描かねばならない。そんな簡単なことがわからないまま、気がついたら三十代後半にさしかかろうとしていた。

二十代では気にならなかった貧困が身体にこたえるようになってきた。埃《ほこり》だらけの本が隙間なく積みあがる狭い部屋で、肌に負担をかけない化粧品や身体に良い食べ物どころか、普通の服や食品すら買うのを躊躇しながら、ずっとこのまま暮らすのだろうか。

先輩たちから、あなたのようなイラストが描けたら絶対食べていけると言われたこともあったし、君なら心配しなくても大丈夫だろうともよく言われたが、三十歳で結婚してからずっと、夫婦割り勘の家賃六万円ほどを払うことすらきつい日々が何年も続いていた。収入は手取りで月十五万を切ることもよくあった。

もうダメかもしれない。自分には結局この仕事を続ける能力も体力もないのだ。つくづくとそう思った。しかし今進めているルポはせめて書き上げたい。とはいえ原稿依頼はこない。三十半ばを越しては会社員になるのも難しいだろう。いや、バブル期の就職が一番楽ちんだったときに就職活動をして、どこも雇ってくれなかった私なのだ。やっと勤めた会社の営業経理の仕事も、まるで勤まらなくてすぐに逃げ出したのだ。就職は、無理だ。

そこで自分で習い調べていた製本や、海外で買ってきた紙や革などを組み合わせて、ワークショップをやって生活費を稼げないかと考えた。

実際やってみると、好評ではあった。ただし初対面の人と話をするのが苦手なので、たのしい反面かなりのストレスを伴い、終了後には身体がこわばった。それにやはりどうしても利益をきちんとあげる原価計算ができなかった。原価のほとんどかからないはずのイラストや原稿執筆の仕事すら、原価割れさせていたのだから、厳密な原価計算が必要な仕事ができるわけがないのだ。情けない。生きていく資格あるのか、自分。

しかし、原稿依頼がないのであれば、これで食べていくしかない。ギリギリでも収入を途絶えさせるわけにはいかない。

などという心細く切羽つまった日々を送っていた二〇〇五年四月、年間契約の編集者として働いていた配偶者が、町のイベントを立ち上げ、成功を収めると同時にこれからもこういうタダ働きを大事にしていきたいと高らかに宣言した。その三ヵ月後には八年続いた契約が雑誌終刊とともに終わり、完全なフリーランスになることがわかっていたのに、である。

フリーランスで生きていくのがどれくらいつらいのか、何年も一緒に暮らしていてもまったくわからなかったらしい。もちろん私もイベントをたのしく手伝ってはいたのであるが、さすがに夫婦でフリーランスの上に、雑誌の専属など定期的に仕事を貰《もら》える媒体すらなくなれば、共倒れ必至。タダ働きを優先している場合ではないのだ。

配偶者のあまりののんきさに神経を逆撫でされるどころか、もうなにを言うのもバカバカしくなり、ぷっつりと力尽き、家を出た。製本教室用にと借りていた六畳一間のアパートで暮らすことにした。

古本や荷物をすべて捨て、風呂なしアパートでひとり暮らすのならば、家賃も安いしまだ今の収入でなんとかなる。死んでも治りそうもない能天気な人のそばで自分だけきゅうきゅうとお金や身体の心配をするくらいなら、ひとりになったほうがよっぽどいい。ああ、せいせいした。なんと身軽なことかと、ひとりで六畳のアパートにごろりと横になって腕を伸ばしたとき、左胸にひきつれるような痛みが走った。あわてて手を当てると、下部に胡桃《くるみ》大のしこりがあった。あれれ。なんだこれ。

Ⅱ そして、癌ができた

貧すれば病みつき、病みつけば貧する

実は乳房にしこりができたのははじめてではない。その二年前、三十六歳だったときに一度同じ場所にできていた。そのときはパニックになった。病気に詳しい知り合いに電話をかけて相談し、癌の専門病院に飛び込んでマンモグラフィー検査をうけた。

胸を硬い板ではさみ押しつぶして撮影するこの検査方法は、貧乳の人間には単に痛いだけ以上の苦痛をもたらす。技師は施設によっては女性もいるらしいが、このときは男性だった。見知らぬ男性に裸の上半身をさらすだけでものすごく嫌なのに、うまくはさまらないからと身体の位置をあれこれ動かされ、モノ扱いされるのだ。

背に腹はかえられないと、我慢して受けた検査の結果は無罪放免だった。白い石灰化した粒が点在しているものの、問題なし、と言われた。一応半年後に経過を見ましょうと言われたが、しこりは半年後には消えてしまったので、これ幸いと行くのをやめた。

どうせそのときのものと同じだろうと思ったが、今回はちょっと痛いし、二度できるということは、たくさん飲んできたアトピーの薬の副作用を疑った方がいいのだろうか。まずアトピーの先生に相談した。

するともう一度同じ検査を別の病院でしたほうがいいと言う。そういうものかと、婦人科病院を紹介されて、そこでさらに紹介状をもらい、今度はK病院を訪ねた。触診した先生は、乳癌の感触とは思えないけれど、これだけ大きいのだから、しこりに針をさして細胞をとり、検査をするべきだと言うのでお願いすることにした。

検査の結果、粘液産生癌の可能性が非常に高いといわれた。胡桃大のしこりは、癌細胞ではなく、癌細胞が吐き出した粘液だとのこと。以前の検査で癌ではないといわれていた白い粒は、癌の芽のようなものだったのだ。これらのうちの一つが活動をはじめて粘液を産生しはじめたようなのだ。しかもこの白い粒、左右の乳房全体に散在しているんだが……。ただし今のところ活動した癌も症状が比較的軽い非浸潤性と思われる。白い粒たちがすぐに活発な活動を繰り広げることはないのではないかという。

へーえ、癌だったのか。

二年前にパニックになったのが嘘のように、先生の話を淡々と聞いた。素晴らしく良い気分というわけではなかったが、心の底では深い解放感に包まれていた。とにかく、これでもうがんばらなくてもいいのだと思った。

考えないように、感じないようにしていたが、今の生活が耐えがたく嫌でつらかったのだ。

癌かもしれないと言われてようやくわかった。

癌に伴う切除手術やらなにやらは、決してたのしい話ではなかったけれど、切って塊を切除し、中の細胞を精密検査にかけたいという申し出に、逡巡《しゅんじゅん》も戸惑いもまったくなかった。あ、はいどーぞ、なんでもやってください。乳房を温存したいなどという考えも浮かばなかった。温存を検討するほど乳房にも自分の今後の生活にもまったく愛着がなかった。心の底からどうでもよかった。

幸いにして先生の説明はとてもわかりやすかった。切除手術のときに、腋下のリンパ節細胞を三カ所ほど採取して、リンパ節にまで癌が転移していないか、その場で病理診断する。術中迅速病理診断というそうだ。通常の病理診断に使う標本は、ホルマリンなどの薬剤を浸透させ、腐敗しないように固定してから染色し、観察しやすいよう切片つまり薄切りにする。完成までに数日かかる。ところが迅速病理診断は、とった細胞を急速凍結によって固定するので、およそ二十分で結果が出る。そのあいだ身体は全身麻酔をかけられ、切ったところを開けっぱなしで待機だ。

この方法をセンチネルリンパ節生検と呼ぶそうだ。この検査法ができてから転移もしていないのに無駄に腋下のリンパ節をがっさり取らずに済むようになったのだという。検査によって転移の可能性が見つかったら腋下のリンパ節を含め、脂肪組織もすべて取り除く。てことは、この方法ができる以前はみんな有無を言わさずリンパ節を取られていたのか……。うわああ。そりゃあ癌なんだから、しかたがないけど、ハードだわ。ありがとう、医療の進歩。

検査結果と手術方法の説明を受けてすぐにその場で手術日を五月半ばに決めた。だれかに相談してからという考えはまったくなかった。だが、全身麻酔をかけるので、身内の立ち会いが必要と言われた。鎌倉の山奥に住む両親にわざわざ東京まで来てもらうのは気が引けるし、なにより癌だと知らせて動揺されるのも面倒くさい。しかたなく連絡を絶っていた配偶者に電話をかけた。混乱され、とりあえず家に戻ってきてほしいと言われた。配偶者への気持ちにしこりは残っていたが、今後の仕事と生活を案じなくて済むのならばどこにいても同じなので家に戻った。手術日までの十日間は、受けていた仕事をできるだけ進めた。


入院する直前の自分の暮らしが真に貧困といえるのかどうか。

身体に関するエッセイにもかかわらず、金銭の話ばかり頻出してお恥ずかしい。しかし病と貧困とは切っても切れない関係にあると思う。貧困が病を呼び、病が貧困を増長させる。条件的に考えれば当時の私の状態は真の貧困とは言いにくい。言いにくいにもかかわらず貧困と書くことに、いまも相当逡巡している。

まず配偶者が二〇〇五年七月まで契約編集者として人並み以上の年収を得ていたため、身体が栄養的に飢餓状態になるということはなかった。ただし独立採算制をとっていたためそれ以上のサポートをしてもらえたわけではない。交通費の捻出に頭を悩ませ、食物以外の生活必需品が買えない程度には苦しかった。

それになにをやっても一人前の収入が得られないために、イラスト、装丁デザイン、ルポルタージュ、製本と、どんどん職域を広げたことから、部屋に仕事道具や資料が膨れ上がり、配偶者の蔵書と合わせて布団二組を敷く場所以外、歩くのもままならないほど本やモノが溢れていた。金銭的には楽ではなかったけれど、そういう暮らしをたのしんではじめたのも事実だし、実際にたのしかった時期もあるのだから後悔はしていない。ただ、気がついたら増えすぎて身動きがとれなくなっていたのだ。住居は山手線の内側にある。もっと家賃の安い郊外の広い部屋を借りれば済むのに、引っ越しを断行する気力も時間もないまま目の前の仕事に追われ、収入に見合わない家賃を払うことに苦しめられていた。

つまり私の貧困は、自分で敢えてこのような選択を重ねてきた結果なのだ。自己責任も甚だしい。自分で選んで陥った状態なのに貧しいと公言するのはどうなのか。本当の貧困というのは、選択の余地がないまま嵌《は》まり込むものだ。海外を旅してそういう暮らしを少なからず眺めてきている手前、どう考えても自分は地球上で恵まれた立ち位置にいるわけで、貧困に苦しめられているとは公言しにくい。

が、現実としてはいつもいつも払わねばならないお金のことが頭からはなれず、入金されるはずのお金が振り込まれていないことにイラつき、依頼を受けた仕事が進まなければ落胆し、そのくせ受けた仕事の締切はなかなか守れなかった。生活必需品一つ買うにも躊躇した。なにをするにもすぐ疲れてしまう虚弱な身体を抱えている不安もあった。一晩でも徹夜をすれば、腰痛の予兆が来てさらに唇の周りが痒くなる。しかしこれもまたはっきりした「病気」というわけではないので、音をあげて休むわけにもいかない。多くもない仕事をさっさと仕上げられないことを、いつもだれかに非難されているように思えてしかたがない。

二十代のころはそれでもまだ好きな仕事をしているという、どこか晴れがましい気持ちがあり、だるい身体をひきずり困窮しながらも仕事を続けていく気力があった。それも三十半ばになるころから身体も心も急速にすり減って疲れていき、このまま年老いてもっと体力がなくなったら、いまの暮らしすら続けられなくなるのではという不安にとりつかれていった。

そんなわけで、私は癌という致死性の病名を、この膠着《こうちゃく》状態を断ち切るものとして歓迎したのだった。そしてこれが人生の終わりの訪れであるのなら、つまりはもうこのさき半世紀くらいの生活費を得る手段を講じなくて済むかもしれないのだ。そうなれば、こんなに清々することはない。

とにかく慣れろ、慣れるしかない入院手術生活

入院と検査と手術はおどろきと不快の連続であった。

全身麻酔をかけて身体を切りつけるのであるから、そりゃ検査は山のようにある。こちらは体力がなく、さらに仕事をかたづけるのに徹夜してきていたりするので、病院中をあちこちまわされながら各検査をはしごしていくと、文字通りフラフラになった。

特にきつかったのは、ＭＲＩ（磁気共鳴映像法）だ。土管のような筒にうつぶせで入れられ、身体はもちろん顔の向きすら変えることを許されないまま、一時間半閉じ込められる。そのあいだ、鉄パイプを持ったヤンキーが外から土管をガンガン襲撃するような爆音が響き渡る。暴力と呼んでも差し支えないのではないかと思う。

音を音で紛らわせようという試みか、この病院では希望者にだったと記憶するが、ヘッドホンが与えられ、モーツアルトの弦楽四重奏曲を聴かせてくださった。しかし爆音との「共演」は、トラウマになりかねないほどのひどさであった。そのためなのか、二回目の手術のときにＭＲＩを受けたらサービス自体がなくなり、耳栓を渡されるだけになっていた。

ほとんどの検査に共通するのであるが、身体をモノ扱いされるのもきつかった。決められた時間内に何人もの患者をさばいていけば、そのような態度になるのは至極当然であるのだが、はじめのころは、他人の前で裸になるのだけで緊張するのだから、それをあちこち触られたり、へんな器具を押しつけられたり、裸同然で待たされたりしながら、疼痛《とうつう》や不快感に耐えると、もうくたくたになってしまうのだ。

　入院生活でも同じようなモノ扱いによるストレスが付きまとった。普段から団体生活などに慣れた人ならば、またすこし違うのかもしれないが、めったに人に会わずに机に向かう身にはことのほかこたえた。

　ただし恐ろしいもので、私のようなヘタレでも、しばらくモノ扱いされていると、結構慣れてしまう。気持ちのいいものではないにせよ、ある程度予想がついてくると、ピリピリせずに、淡々と受け入れることができるようになる。終わった後にぐったりすることも減ってくる。

　それはつまり、ちょっとオーバーなのだが、自分の身体が唯一無二の特別な存在なのではなく、他の大勢の人間とおなじ炭素だの水素だのの、構成要素で組成されたモノにすぎないということに気付かされ、ある程度受け入れられたということなのかもしれない。

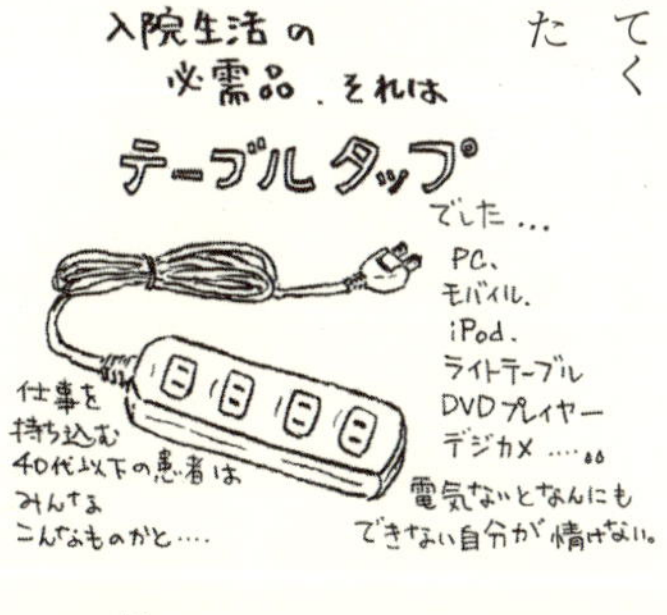
入院生活の
必需品。それは
テーブルタップ
でした…
PC、
モバイル、
iPod、
ライトテーブル
DVDプレイヤー
デジカメ……
仕事を
持ち込む
40代以下の患者は
みんな
こんなものかと….
電気ないとなんにも
できない自分が情けない。

普段つい忘れがちなことだ。

入院と手術の話に戻ろう。

入院は十日前後と聞かされていた。なにが一番の打撃かというと、院内でパソコンをオンラインで使うことが難しいということだった。癌だからとはいえ、すぐに死ぬかどうかもわからないのだから、今の少ない現金収入とて断ち切るわけにはいかない。

もうがんばらずに済むと思いつつも、仕事のことを考えてしまうのだから、我ながらどうしようもない貧乏性だと思うが、初期の癌なんて、ぼんやり治療に専念するほど治療が忙しいというわけでもないのだ、これが。暇な時間があるなら仕事して稼いだ方がいいに決まってる。ならばパソコンをオンラインにしておきたい。

二〇〇五年五月当時の私は携帯電話のメールも使っていなかったし、携帯電話からウェブサイトに入ってパソコンメールをチェックすることもできなかった。唯一できたのは、携帯電話とパソコンをつないで、受信メールをダウンロードするという方法。ところが何を間違えたのか、勝手にこれまでのメールをすべてダウンロードしようとして、画像などの重いメールに当たったらしく、一時間くらいでそのまま進まなくなり、通話状態のまま止まってしまった。通信費を考えると背中の毛が逆立ち、電話を床に投げつけたくなったがしかたない。

院内通信は潔く諦めた。次の手術に備えて退院したらモバイル通信に通暁しようと心に誓った。

ちなみに病室はパソコンも携帯電話も禁止だった。電波の問題もあるのだろうが、カーテンだけで仕切られた大部屋ではキーボードのタッチ音がどうしても響いてしまう。携帯メールもポチポチ打っていると、どうしても音は漏れる。身体に不快を抱えてただ寝ている同室の患者にしてみると、ささいなことでもイライラすることもあるだろう。

しかし実際は同室の患者のほとんどがこっそり携帯メールをやっていた。音でわかる。毎朝携帯電話をパカリと開けることから一日がはじまる人も複数いた。そりゃそうだろう。家族とのメールのやり取りでどれだけ気持ちが軽くなるか知れない。

手術前日の午前中に入院した。前日まで仕事をしていたし、なにが必要になるのかもよくわからないまま、事前に病院事務局からもらった入院の手引きをざっと読んで支度した。手術後にできるのかもわからないけれど、そばにないと落ち着かないので本やパソコンに加えて当時連載していた切り絵イラストの道具など、仕事に必要なものすべて持ち込むことにした。荷物はとても重くなり、病院まで電車をのりつぎ歩いているうちに疲れてしまった。

手術前の検査が終わり、麻酔医からの説明を受けながらも、これからなにが起きるのか、いまいちピンとこない。彼らにすれば毎日のルーティンワークなので、あまりにも普通に話すため、聞いていてもどうもたいしたことない気がしてしまうのだ。なにがつらいのか、想像できない。麻酔が万が一失敗した場合の話も聞かされるが、そのときはそのときだとしか思えなかった。

反対に看護師さんはすごく心配そうに接してくださる。それもどこかそらぞらしく感じられた。たしかに癌だがそこまで同情されるいわれは何なのかと、今の時点では末期のようにすさまじく痛むとかいうことはない。身体に癌由来の不快部分がないだけに、余計に不思議になってしまう。

眠れなかったら睡眠薬を処方してくださるとのことだったが、いつも十ページと読まないうちにかならず眠くなってしまうギャグ漫画『魁!! クロマティ高校』(野中英次、講談社)を持ってきていたため、本当にコロッと寝てしまった。この漫画、つまらないわけではなく、むしろ大好きなのであるが、独特のバカバカしいギャグのリズムが、どうにもこうにも眠気を誘うのである。結局合計四回に及ぶ手術すべてに携行した。作者は不本意かもしれないが、本当に役に立つ漫画である。今後入院することがあればかならず携行するつもりである。

手術当日の朝は、全身麻酔手術のために朝食はない。前日午後九時から水分の摂取も禁じられる。朝食はなくても体温測定のために六時半には起こされる。先生方が出勤してくるまでは暇だった。

手術は午後二時前後からだ。十時過ぎからまた改めて麻酔医の説明を受けたりと、準備がはじまる。浣腸して腸内の便を出す。全身麻酔手術には欠かせない作業のようだ。浣腸剤を入れてからなるべくトイレに行くのを我慢した方が中身が綺麗に出るとのことで、三分我慢と言われたが、とても我慢できなかった。

麻酔は、手術する箇所によって入れ方が違うものらしい。カーテン越しの会話から推察するに、腹部を手術する患者は、腰あたりの脊髄になにやら刺している風情であったが、私の場合は胸部なので鼻の穴から通した管を嚥下して、喉までずずっと突っ込まれる。いきなり身体が不自由になってもうすぐ手術するのだという実感が湧いてくる。しゃべると吐きそうになるのでせっかく来てくれた配偶者ともあまり話はできなかった。それから筋肉注射をして、点滴を入れてとなると、もうまな板の上の鯉である。

手術室に運ばれるあたりからころりと意識がなくなり、あとはいきなり夜中、である。途中何度か朦朧としたまま先生になにか言われたりしたようなのだが、よく覚えていない。夜、猛烈な不快感と拘束感とともに目覚める。

何時かもわからない。手も足も動かせない。尿道には管が挿してあって、尿を自動排出している。あとからわかったのだが、この管がひきつれていて身体の向きを変えることもできなかったのだ。膝下にはいわゆるエコノミークラス症候群予防で、空気圧でマッサージする器具が巻きつけてある。これがまたビニール素材の感触も、シュコーッシュコーッという音も、大変不快なのである。

全身麻酔が覚めるまでは、水を飲むことも禁止されているので、夜勤の看護師さんに吸い口で水を口に含ませてもらい、吐き出す。首をすこしでも起こせば口の周りを汚さずに出せるのであるが、それも許されず、口の周りをびしょびしょにしてこぼす。これも大変不快。看護師さんに幼児語で接されたのも不快度を増す原因になった。

介護される高齢者のいらつきを実感する。これらの不快は、手術回数を重ねることで、看護師さんとのやりとりのコツや、ここまでは動かしても良いなどの知識が嫌でも増えるため、飛躍的に軽減されていった。二回目からは手の届く所にラジオと手術や術中検査の結果を書いた紙を置いてもらうなどして、夜のながさを巧くやりすごすことができるようになった。

ま、初回はどうしてもしかたなかったと、いまなら思える。看護師さんが尿袋を取り替えるときに尻をこっちに向けて放屁したことも、いまとなれば笑える思い出だ。

それにしてもながい夜だった。カーテン越しに部屋が白っぽく明るくなってきたときには、心からホッとした。朝になれば、管や器具がすこしは外れ、身体の痺れから解放され、なにより迅速病理診断の結果を知ることができる。リンパ節への転移があったのかどうか、その結果、リンパ節を切除したのかどうかがわかる。尿導管が足に巻きついていたため、身動きがとれないまま全身が痺れて腕の感覚がないので、どうなっているのかよくわからない。気になってしかたがない。

リンパ節をとれば、利き腕である左手を使う作業が困難になる。半年かけてリハビリして、やっとコーヒーカップを握ることができるようになったという話も聞く。精密なイラストを描いたり切り絵を切ったりすることは難しくなるかもしれない。右手を訓練するにせよ、その間の収入はどうなるのか。なによりこの入院手術、いくらかかるのだろうか。今のところなにも知らされていないが、気になる。

初回入院時.
ナースステーションで貸してくれた
だれかの忘れ物?
モノラルイヤホン
売店まで行けなかったから
ありがたかったのでした。
が、片耳なんで、外の音は
全部まる聴こえ。

女の敵は女？　婦人科病棟ブルース

　手術の翌朝。左乳房の塊、つまり癌細胞と癌細胞が出した粘液を無事に切除したことと、腋下のリンパ節細胞を三カ所ほど郭清して迅速病理診断に出した結果、転移がなくリンパ節を切除せずに済んだことを知らされた。ただし確定ではない。切除した細胞を精密検査に回し、十日後に出る結果でひっくり返ることもある。滅多にないことらしいが、そうなったら再手術となる。

　左右の乳房全体に散在している癌の芽のようなものは、もしかしたら活動するかもしれないが、今はまだ静かにしているため、とらずにおいたという。一生活動しない可能性も高いとのことだった。まあとりあえずは一段落である。

　全身麻酔は午前中には完全に覚めた。昼には尿導管も膝下の血流を促進させる器具もとれて、自由に歩けるようになった。ただ、尿導管を引き抜くときに角度を間違えたのか擦れたため、四日ほど排尿のたびに飛びあがるくらい沁《し》みた。あれは自分で加減しながら抜いたほうがいい。

食事もすぐに再開した。身体に刺さっているのは腕についた抗生物質の点滴と、傷口から出しているドレーンという管だ。ドレーンとは排液管のことで、手術の傷を閉じた後に溜まってくるリンパ液や血液を体の外に排出するためのものだ。外に出た管は、真空もしくは減圧された容器につながっていて、液体を強制排出させる。これで皮膚が下の筋肉と密着できるようになるらしい。

傷に刺さっている管の太さは五ミリ弱。皮膚に縫い付けてある。これが抜けたら抜糸を待たずに退院してもいいと言われた。入院中は血混じりの液体の入った容器と点滴の袋を、下に車輪のついた棒に括《くく》りつけて、ガラガラと引きずりながら歩き回っていた。

この様子が健康な人にはちょっとグロく映る。入院病棟に見舞い客と看護師以外健康な人なんぞいるわけないんだからいいじゃないかと思うでしょう。大きな間違いである。婦人科病棟は産科とフロアが一緒なのである。私が入院した病院だけでなく、周りの出産経験者などにたずねたところ、他にもそういう病院が多数存在することもわかった。

子どもを産みにきた〝女の幸せ頂点〟にいる女性と、乳房や子宮を切除するどころか全摘出しなければならない、まあいってみれば自分の中の女とのつきあいを一から再構築しなければならない、〝ドン底〟で途方に暮れる女性が、病室は違えどもトイレや洗面所や談話室でしょっちゅう顔を合わせるのである。

子どもが産まれれば、家族がいそいそと見舞いに来るため、婦人科フロアの談話室は、幸せオーラと癌の手術に立ち会う家族のしんみりオーラが太極図のように渦巻いている。

こっちはとりあえず初期とはいえ致死性の病気を抱えているので、幸せそうな他人を寛大に祝福するゆとりはない。私の場合は出産願望の希薄さゆえにあんまり深くは考えなかったが、これが子どもを産みたくてしかたないのに子宮全摘出のために入院している女性だったら、相当つらい仕打ちだろうなと思うのである。

しかし産婦とて生涯でも指折りの晴れがましい時期に、血袋を抱えてよたよた歩いていたり、抗癌剤治療で毛髪を一時的に失ってだるそうに歩く患者なんて不吉な存在、見たくもないだろう。洗面所などでばったり鉢合わせすると、気まずそうに目をそらされたりする。特に切迫流産などで長期入院を余儀なくされている妊婦は退屈なためかよく携帯メールを打ちに談話室にいたのだが、まるで見えていないかのようにふるまわれた。

まったく同情に価するが、こちらも目をそらされたりするたびにいちいち自分の立ち位置を再認識させられて、結構不快であった。出産は死の危険があるとはいえ、通常の場合は健康保険がきかない、つまりは病気と認定されていない、現代では「ハレ」のイベントなのだ。病院では彼女たちをしっかりほかの病人から隔離してたのしい空間を提供した方が関係者全員にとって気持ち良いと思うのだが。

ところで乳腺という部位は、リンパ節を介して癌細胞が転移する危険性はあるとはいえ、身体の一番外側に出ているところなので、手術するにも受けるにも結構楽な場所なのではないかと思う。なにしろ消化器官をいじらないために、麻酔が抜けたらすぐに通常の食事を摂取できる。二回目の手術のときなど、手術翌日の昼にはマドレーヌをぱくついていた。

これが喉や胃や腸をいじったとなると、傷がふさがるまで固形物を通すわけにはいかない。となればどうしても傷以外のところで身体が衰弱してしまう。たいていの消化器官をいじった知り合いは、ものすごく痩せて体重をもとにもどすのに長い時間がかかっていた。あれは大変だろうなと思う。

それと腹にメスを入れないので、比較的寝起きが楽なのではないかと思う。もちろんしばらくはどうしても左手をつくと傷に響くし、寝がえりすらもきつくて電動ベッドのスイッチを活用して起き上がっていたけれど、大便をするのに腹に力を入れられないという苦しみはなかった。子宮を手術した友人に聞くと、最初のガスや便を出すのに随分苦労するらしい。

リンパ節をとってしまうと、相当大変そうなリハビリをしなければならないようだが、私の場合はステージもⅠで、転移もないという、初期もいいところなのだ。こんなもん、手術自体から受ける身体のダメージなんて、盲腸以下のレベルなのではないだろうか。

とはいえ、癌という病名の重みはすごい。入院中は、同室の乳癌と子宮癌患者たちの反応におどろかされた。致死性なんだからしかたないのであるが、それにしてもほかにも致死性の病気はたくさんあるだろうに、どうも悲壮感が強すぎるように思う。

六人部屋の病室には、年齢的には孫がいる女性が多かったのであるが、なにしろこれがなんというか、申し訳ないが、異様なテンションに包まれていた。ちらりと見える枕もとには宗教書や、瀬戸内寂聴師の説法テープや癌に効く民間療法の本だの「月刊がん　もっといい日」（という雑誌があることがまずびっくりだ。ちなみに二〇〇六年三月に休刊）などの関連雑誌などが積みあがっている。

キノコだのなんだのと癌細胞の成長を抑えると謳《うた》う健康食品や民間薬の袋もならんでいる。目に入ってくるだけで、こういうことをしなくちゃいけないのかなあと憂鬱になる。で、彼女たちが話しているのを聞くともなしに聞くと、語尾にかならずといっていいほど「ありがたいことよね」をつけている。死への恐怖を反転させて今生存していることに対してものすごくポジティブになっていると思われる。おそらく進行度がずっと深刻なのだろう。口にせずにはいられないのかもしれない。彼女たちの気持ちを正確に理解することは同じ病気であっても本当に難しい。

自分もステージが進めば宗教書などを読み、感謝しまくるのだろうかと考えてみたが、大学時代に下手に宗教学なぞを齧《かじ》ってしまったために、読みたくなるともまったく思えない。

もちろん大した結論や悟りめいたものを得たわけでもない。そんな学生なぞほとんどいない。ただ興味をもって向き合うことが大事なんである。一度向き合ってしまうと、改めて踏み込む気にはならないということだ。ああ、ああいう分野は初老以降にとっておくべきだった。

感謝の言葉とて、口にはするだろうけど人前で大盤振舞いしたくなるとも思えない。根性もないまま虚弱な身体を抱え、生活費調達に追われて満足のいくものもろくに書き（描き）遺せない人生なんだろうから、最期もくだらない感じで不条理ギャグ漫画を読みながら死ぬことくらいしか思い浮かばない。それを尽力至らずと悔いたところでしかたがない。格別の感慨も特にない。生きているだけでありがたいと思うには、これまでの生活に疲れ果てていた。

ともあれこのときの同室女性患者たちにたくさん「ありがたい」を聞かされたため、私はこの言葉を軽々に口にするのが苦手になってしまった。のちに『世界屠畜紀行』（解放出版社）を上梓してからやたらと「動物の命をいただくということ」「ありがたい」などという感想をたくさんいただいて、そのたびに申し訳ないけれども陰鬱な気持ちになった。

彼女たちと洗面所などで顔を合わせれば、病状と経歴を含めた自己紹介と相成るのであるが、出産経験もなく若年性乳癌に罹患しているというと、

「ええっ子どももいないのに乳癌なの!?　それはかわいそうに……」

と過剰に同情されるのである。六十代、七十代の方々は子どもを出産していないことは、女の人生の素晴らしさを何一つ経験していないことだと感じるらしい。それはまあいいとして、あからさまに「自分の人生のほうが全然マシだ」といわんばかりに勝ち誇った顔をする人がいた。あまりにも品がないというものだ。

ま、致死性の病に罹ればだれしも心のゆとりがなくなるので本性がでてしまうのであろう。あとから聞いたところによると、その人は東北某県からわざわざ東京まで治療に来ていたようだ。そういう人に、

「自分はまだそう簡単に死ぬほど進んでませんから」

と癌のステージの軽さを説明するのもたいそう大人げない。かといって、彼女の自己満足を黙って満たしてやるほどこちらにも心のゆとりはない。今後だれかになにかを言われてうんざりするのは御免蒙《こうむ》りたいので、カーテンを引いて、だれとも口をきかないことに決めた。もしこれ以上話していたら、ついこう言い放って相手を凍りつかせそうだったのだ。

「なんでみなさんそんなに死ぬのが怖いんですかね。そんなに素晴らしくたのしい人生だったんですか。あたしは終わりが見えて清々してますけど」

術後二日目、まだ左手に痺れを感じたが、指は全部動く。感覚もある。腋下のリンパ節を

数カ所採取しても、手の動きにはまったく支障ないと、術前に説明を受けていた。試しに仕事をしてみよう。

スポーツ新聞の挿絵である切り絵の仕上げにかかろうと、刃先三十度のNTカッターを持った。びっくりした。痛くて切り続けることができない。文字通り、視界が黒く閉ざされた気がした。どういうことなのだろうか。

翌日執刀医の先生を捕まえて喰ってかかると、術後二日目で仕事をするほうがおかしいと怒られつつ、これまで手の動きに支障が出た例は報告されていないので、もうすこし、せめて傷がふさがるまで待ちなさいと言われた。あまりにも当然なお言葉なのであるが、このときは本当に混乱した。

パソコンを打つのにはなんの支障もない。指先にこまかく力を入れながら動かすカッターワークが痛いだけなのだ。切り絵などもはや仕事の一割にも満たないのに、死ぬ直前までカッターを持てる身体でいたいらしい。

思えば二十歳ごろからずっとNTカッターを手放すことなく生きていたのだ。イラストのデビューも切り絵だった。大したものも作っていないし、これからも作りだせるとも思えないが、紙を切って何かを作る行為がただひたすら好きなのだということなんだろう。ふと、子ども

密閉式ヘッドホンは、
外の音は完全に遮断して
くれるのだが
首と頭が
痛くなる。
高かったのに。
耳を下に、つまり横向きに

寝そべることも不可能…

が決定的に産めない病気になったとしてここまで衝撃を受けるだろうかと考えて苦笑した。

それにしてもこの手術は入院費用含めていくらかかったんだろうか。身体が動くようになるにつれ、どんどん気になってきた。なにしろ私は葬式代が出る簡単な都民共済の掛け捨て保険以外なにも入っていないのだ。こうなることは覚悟の上とはいえ、国民健康保険の三割負担を全額自腹で払うのだから、気が気ではない。残っている癌細胞の芽をいかに活動させないか、などということよりも、費用のことばかり気になってしまう。それにしても万を超える金額の仕事に見積もりはおろか事前の了承もとらないとは、病院とはなんて良い商売なんだろう、まったく。

何はなくとも三百万　フリーのための癌対策

　癌が原因で死んだ身内や知り合いを数えてみる。父方祖父、母方祖父、大伯父、大学の先輩、編集者三人……。まだいそうな気もするが、とりあえずぱっと思いつくのはこの七人か。特別多くも少なくもないだろう。身体のどこかに癌が見つかって治療したりしなかったりしている身内と知り合いを数えると、これまたすぐに七人浮かぶ。なんとメジャーな病気だろう。

　昔は、おそらく十五年前ですら癌に罹患したときの致死率はとても高かっただろう。しかしいまや初期の癌ならば、治療してから十年以上生存している人もたくさんいる。周囲に「癌サバイバー」がいない人なんて皆無だろうに、どういうわけだか癌であることを公に口にすればだれしも凍りついてしまう。初期の乳癌に罹患したことを大げさに美談仕立てで公表するタレントの記事を読むと、病院での扱いからしてそれほどのことでもないのは明白だろうに、周りが凍りつくのを利用してひと儲けしてんのかと、黒々した気分で眺めてしまう。

「ウチザワ、癌はお金かかるよ。保険に入ってないなら三百万は見ておいたほうがいいよ」

一九九九年前後のことだったと思う。乳癌を切って退院してきたYさんと喫茶店で会ったとき、開口一番に言われた。彼女は社会民主党の機関紙「社会新報」の記者だったときに、月に一度の連載を担当していただいていた。素人同然の私をイラストルポライターとして育ててくださった大事な先輩であり、友人でもあった。民主党の広報部に移ってしばらくして癌が見つかった。

彼女の話の半分も覚えていない。自分が乳癌に罹ることは絶対にないだろうと思っていたからだ。乳癌は巨乳の人がなるものだとなんとなく思っていた。私の乳房は貧乳で、そんなごたいそうなものではない。癌ができるなら、初潮以来まともに機能したためしがない、無排卵性月経と思われる子宮だと思い込んでいた。なにせYさんは知り合いでも断トツの巨乳だったのだ。誠に失礼ながら彼女が乳癌になったときも、内心ではやはりと納得していた。

巨乳が乳癌になりやすいのではない。罹患してみて思うに、乳腺に厚みがある人の方が、癌のしこりを見つけにくいのではないだろうか。発見するまでに癌が育ってしまうと、すでに活動が活発な時期にはいってしまって完全に切除することが難しくなり、術後の生存率が低くなる。

しかしながらYさんの保険に入っていないなら三百万は持っとけ、という言葉だけは脳に刺さった。保険のきかない薬のために、昼の勤めのほかに夜も働いて身体を壊す女の子もいるんだからねとも言われた。

　また別の癌に罹患した友人Nさんからは、保険に入っておいた方がいいと言われていたようだ。まったく覚えていないのだが、私が癌になったのを知ってNさんから見舞いの電話をいただき、「俺はあのときウチザワはんに保険に入っておくべきだと言ったやんか。いや、絶対に言ったで」といわれ、わはははと笑うしかなかった。

　保険に入るに越したことはないのだが、私は保険という制度がどうしても好きになれない。あれは毎月決まった金額を稼げる人のためのものだ。私には家賃のほかに毎月二、三万円を引き落とされるほどのゆとりがそもそもなかった。葬式代だけまかなえる数千円掛け捨ての都民共済の保険がせいぜいといったところ。

　ただし単発の仕事が来ればそれなりにまとまった金額が入るので、そういうときにはYさんのアドバイスを遺言のように受け止め、貯金に回していた。そう、Yさんは退院してから仕事に復帰してしばらく働いた後、再入院したと思ったらあっという間に亡くなってしまったのだ。

　彼女の提示した三百万という数字を思い出すたびにうなだれる。一回目の手術にかかった費用は、差額ベッド代込みで二十万二千六百二十六円だ。決して安くはないが、していただいたことを思うと、べらぼうに高いわけではない。入院も九日で済んだ。私は結局抗癌剤治療を受けなかったが、放射線治療、抗癌剤治療については（薬によって例外はあるかもしれないけれど）一般的な治療の範疇に入るため、健康保険適用になる。

すると、高額療養費制度の対象となり、たいていの場合は一ヵ月にかかった費用の約八万円以上に関しては、申請すれば戻ってきたのだ（二〇〇七年度からは事前手続きすれば上限分以外は支払わなくてよくなっている）。当時は給付されるのは半年後だったから一時的に立て替えをしなければならなかったが、それもかなわない人には自治体が医療費の貸し付けを行っていたようだ。つまりは保険適用範囲の治療を受けているならば、毎月約八万円に差額ベッド代くらいしかかからないのだ（今後国の財政次第でどうなるんだかわからないけれど）。

ベッドが足りない現在の病院ではとにかく長居はさせてくれないので、高額な抗癌剤治療（種類によって価格が相当異なるようだ）をしたとしても、通算で三ヵ月分くらい、多く見積もっても百万円あれば、なんとか急場はしのげる。

おそらく彼女の見積もりには、就業保障のないフリーランスの私が退院後に仕事を休んで無給状態になったときの当座の生活費用、および保険がきかない薬や治療を受けるための費用までもが入っていたのだろう。こまやかな思いやりに頭が下がる。

フリーズさせて、すみません。カムアウトの憂鬱

さて入院時に話を戻す。当時の私には手術入院費がいくらかかったのかも、国の高額療養費制度があることも、だれからもなにひとつ知らされなかった。ナースステーションに退院前日にいくらかかるのか知りたいと訴えても「はあ」という気のないお返事しかいただけず不安で気が遠くなりそうであった。利き腕が痛いままならば、仕事も制限しなければならないし、万が一、痛みがそのまま消えないとなると、別の仕事を探さねばならなくなる。

それにしてもなぜほかの入院患者は叛乱《はんらん》を起こさないのだろうか。なぜ病院に言われるままに諸々とお金を払えるのか。

その理由はすぐに推測できた。ほとんどの人が疾病保険に入っているようなのだ。私が保険には入っていませんと言うと（正確には都民共済から一日四千五百円はもらったが、入院五日目以降にしかつかないため、もらえた金額は一万八千円だ）何度も怪訝《けげん》そうな顔をされたからだ。

いまさら保険に入らなかったことを悔やむのも腹だたしい。それに掛け金が払えなかった

んだから、貯金で払うしかないのだ。貯金が私の保険だと、腹を括る。

しかし考えてみれば私にはもうすぐフリーランスになるとはいえ、その当時はまだ結構な月給をもらっていた配偶者がいるのだ。配偶者には「いくらかかるんだろうか」だの「腕が痛い」だのという話もしていたというのに、結局彼は退院時に迎えに来ながら一銭も出そうとしないどころか、いくらかかったのかすら訊こうともしないのであった。そういう関係性をこれまでよしとして築いてきたのは私の責任でもあるのだから、しかたがない。人生しかたがないことばかりだよ、まったく。

惨めだと思うゆとりすらなく、退院窓口で提示されるまま、二十万円を窓口の真後ろにあるみずほ銀行のキャッシュディスペンサーで引きだし、財布から三千円を足して窓口に提出した。

退院してから数日後、抜糸するときに切除した癌細胞の精密病理検査の結果を聞いた。私の癌細胞は、放射線治療や抗癌剤治療よりは、ホルモン療法が効果的なタイプとのこと。乳腺に残している癌の芽はこのまま大きくならない可能性も高いとも言われた。やりたければ抗癌剤も放射線もやっていいよと言われたが、はじめから効果が望めそうもないのに苦しくて高そうな治療をする気になれるわけがない。ホルモン療法も副作用がとてもつらいと聞いていたので、なにもせずに、超音波で頻繁にチェックするだけとした。あとは普通になにをしても、海外に行っても、仕事に復帰しても良いとのことだった。初期の癌なんてそんなものなんだ。（いまのところは）たいした病気ではないんだよやっぱり。

ところがどういうわけか、身体が動いてくれなかった。入院中は大部屋で、しかもナースステーションと新生児室のそばに位置していたためもあり、真夜中でもかならず赤ちゃんの泣き声や、カラカラとなにかを引きずる音などが響き、よく眠れなかったためだろうとはじめは思っていた。が、何日かごろごろしてもだるさは一向に消えない。

入院前から身体はいつも石を仕込んだように重くて常に疲れ果て、取材に行くたびにクタクタになってはいたのだが、とりあえず動くことはまだできた。しかしもうまるっきり動けなくなってしまった。家の中でイラストを描くくらいなら痛む腕を休めながらでもなんとかなる。けれどもルポの仕事は外に出て、ときには数時間も立ちっぱなしで取材しなければならない。どうしたことか。

こんなときになんの偶然なのか、当時まだだれにも癌に罹患したことは言っていなかったのに、仕事がぱたりと来なくなった。未曾有の大不況なんてもんじゃない。癌になってなければ首を括ろうかと思ったろう。が、そこは都合よく癌なんだから考えてもしかたないと割り切れた。ちょっとありがたい話だ。

とりあえずだるいとはいえ身体がわずかでも動くうちに気合で、連載が終わったばかりのルポに追加するアメリカ取材をしてしまって、抱えている原稿を形にして手放してしまおう。そうしなければ取材に協力してくださった人たちにも申し訳ない。で、それができたらもう出版の仕事で生計を立てることはスパッと諦めて、まったく違う仕事をしながら本当に書きたいことだけを細々調べて書いていければいいか。第一、これから癌がどうなるのかもわからないのだから。

というわけで、退院してすぐに身体がほとんど動かないままアメリカ取材の準備にとりかかっていたのであったが、ここに待ったがかかる。親、である。

心配してくれる親がいるということは、とても幸せなことである。が、こういう病気になったときは、面倒くさい。入院前に配偶者に諭され、嫌々電話で乳癌になりましたと報告したのであるが、案の定パニック状態になった。癌という病名は本当に重い。ちょっと重すぎだと思う。ひらがな表記が浸透するのもよくわかる。

しかたないのであるが、あんまり周りに悲しまれると、自分は思ったよりもずっと悲惨な状況にいるのではと感じさせられて参ってしまう。そんなふうに考えて騒いだり落ち込んだりしたところで病気が好転するわけでもないのに。ただ、こちらの状況を見越してお見舞い金を持ってきてくれたのは助かった。これればかりはいい歳をして本当に情けないなと思いつつも、ありがたくいただいた。

で、退院後、その母からアメリカ行きを絶対にやめるように、お金を出すから仕事をすべて休んで養生するようにとの手紙が来てしまった。話し合ったところで大げんかになることは目に見えていたし、そんな体力があったらアメリカ取材に回したいので、申し訳ないがあえて無視することにした。

親でこれだ。友人親戚仕事相手と、カムアウトしたらフリーズされるかとてつもなくうっとうしい反応が来るだろう。かといってこれ以上だるい状態が続くならば、事情を伏せて仕事を受けたり友達づきあいを続けるのは身体に負担がかかりすぎる。周りの反応が面倒くさいために身体に負担をかけるなんて、冗談じゃない。バカバカしすぎる。

まあとりあえずアメリカ取材が先だ。周りに事情をどこまで話すか、仕事がジリ貧のままどうやって暮らすかは、帰国してから身体に聞きながら決めるとしよう。

調べない　根性なしがたてた治療方針

癌に限らず、長くつきあわねばならない病気に罹った場合、治療方針を自分である程度固めたほうがいいと思う。いや、固めておかないと、癌のような病気の場合、ぐずぐずに迷い果て自分を見失ってしまう恐れがある。

どういう治療方法があるのか、こんな方法で効果をあげている先生がどこにいるかなんてことを自分で納得できるまで詳細に情報収集して決める人も多い。情報を多く集めた人の勝ちだとも言われている。

癌と診断された直後、私も一日くらいはネットサーフィンをしてみた。んが、あまりの情報の多さに吐き戻しそうになってしまった。体験記などもたくさんあるのだが、ちらりと読んだだけでうんざりしてしまった。

自分だって癌のくせに、心のどこかでこの闘病記を書いた人は今生きているのかなどうなったのかなと、途中を飛ばして最後をみてしまう自分の野次馬根性にも嫌気がさした。人はどういうわけか、致死性の病気に罹った人がいつ死ぬのか、死んだのか、それともまだ生きているのか、知りたくなってしまう。だからこそ有名人の癌カムアウトにはいまだに報道価値があるのだろう。

さて、検索を続けようとしたのだが、どうにもこうにも自分の病気にまったく興味を持つことができないことがわかった。いまだにそうだ。私は曲がりなりにも仕事としてルポの調べ事にネットを使っているので、検索のしかたがわからないわけではない。その気になれば論文を調べることもたぶんできる。

担当医師から提示された手術方法や検査方法、細かい癌の名前などを検索して、学会報告や新聞記事などの記述は読んだ。しかしそれ以上、つまりそれらの問題点だとか、ほかの治療方法の可能性などを詳細には調べなかった。

面倒くさくなってしまったのだ。どうせどんな治療方法にも問題はあるし。最大公約数としてまともとされる方法が保険適用になっているんだろうし。これで正解だなんて、だれにもわからない。少なくとも担当の先生はこちらの質問にきちんと答えてくださったわけだし、いくつかの方法も提示してくださった上で切りたいとおっしゃった。

信頼できる方だと思ったのだから、それでもう十分じゃないか。それ以上自分の生存に執着を持てなかった。どこかにいる名医にかかるためにひとづてに紹介状を書いてもらうとか、未承認の薬や健康食品を服用するところまで、一生懸命になれない。保険が適用されるレベルで治療して、それでダメならダメでいいんじゃないのお？　あきらめちゃダメですかねえ。自分よりもお金がない人でも、借金をしてでも治療方法を探しまわる人がいるのも知っている。やりたい人はやればいいと思う。ただ私は自分がそこまでして生きる価値を見出せないだけだ。根拠なく（あるのかもしれないが、それは本人にしかわからないだろう）生き残りたいと願い行動しつづけることを脊髄反射のように礼賛し、美談とする世の中なのだから、醜悪、根性無しと思われても一向にかまわない。

治療方法を探しまわる人とは逆に、手術をまったく受けないとか、生薬服用だけでなんとかするとかいう方針を貫く人もいるだろう。それはそれですさまじい根性がいることで、痛みの耐性が人より低い自分としては、とてもじゃないがやる気もしなかった。

痛いのと苦しいのはとにかく嫌いなので、末期になったときの緩和ケア医療についてだけはちょっと真面目に調べてみた。痛み止めがモルヒネしかないような病院じゃ話にならん。欧米では痛みの種類や状況に合わせて何種類もの痛み止め薬が処方されるらしいのに。さらに末期になってから緩和ケアを行うホスピスにすぐ転院することは、現状では非常に難しいことも知った。

まったく偶然なのだが、自分のかかっている病院には緩和ケア病棟があった。内輪の客を優先するのは当然のことだ。こりゃありがたい。とりあえずこの病院から離れまいと心に誓う。

一回目の手術を受けて退院したころは、まだそこまで意志を固めて先のことを考えていたわけではなかった。むしろ腕の痛みを抱えてどう仕事をするか、夫婦で収入が途絶えている状態でどう家賃を払っていくか、目先のことを考えるので精一杯だった。

気力で乗り切ったアメリカ取材から帰り、引っ越しをするために格安物件を探しまわった。本が多いのでとにかく広いところを探さねばならなかった。山手線の外に出るしかない。でもなるべくなら今の場所から近い方が良い。何軒もまわった末、町屋の火葬場と線路に挟まって建っているマンションに決めた。電車の音がうるさいが安くて広かった。

さあ引っ越しだ。配偶者が、住んでいるマンションの大家さんに、仕事を辞めてさらに妻が乳癌になって家賃が払えないので引っ越しますと挨拶に行った。するといたく同情され、なんと家賃を値下げしてくださり、引っ越しをしなくて済んでしまった。いや助かった。こういうときには癌の威力に感謝である。

手術から三カ月たち、やれやれとひと安心していた九月、シャワーを浴びていて今度は右胸に二つほどビー玉大のしこりを見つけた。毎日乳房を触って自己検診していたのだが、まさか本当にこんなすぐに見つかるとは思わなかった。残っている癌の芽の一部が、活動をはじめたのだ。ということは、あの星の数ほど点在していた白い粒の全部が今後も活動する可能性があるってことか……。

ありゃー。もうダメじゃん、自分。ま、そういうカスな人生だったんだろう。なぜ自分がこんな思いをしなければならないのか、なんていうことはまったく考えなかった。あ、もうザクザク切っちゃえ、くらいの気分だった。しかしもう周りに黙っているのもしんどい。

これはもう周りに言って、心理的な負担を他人に押し付けよう。自分ばかりが抱えている義理なんかだれにもないし。

二〇〇五年九月、癌のことをブログに書いてみると、一日のアクセス数が倍になった。心配半分興味半分、といったところだろう。そりゃそうだ。自分だって知り合いが癌だと書いたら覗《のぞ》きに行くもの。

もちろん治療がんばりますなんて書くわけもなく、見舞いのメールもこんな治療方法があるなどというご注進もいっさいがっさい固辞、同情するなら金をくれ、と言わんばかりの、嫌な感じ満載の文面を綴った。

二〇〇五年十月、二度目の切除手術のために入院した。初回の経験を生かしてとても快適に過ごせた。検査もなれてしまえばどうということはない。右の乳房にできたしこりは左のよりも小さかったが、超音波で調べたところ粘液をだしているのは二つどころでなく三つか四つあった。手術前日に超音波で探りながらマーカーでバツ印をつけていったら、右の乳房がバツだらけになっていた。いやあすごいなこれ。ひとつひとつの癌はとても小さいものだったので、それだけたくさんとっても左胸ほどにはえぐれずに済んだ。

費用は、リンパ節転移の可能性はほとんどないだろうということで、センチネルリンパ節生検をしなかったため、十五万四千八百九十八円と、前回よりも五万近くお安くなった。入院日も六日と短かった。

退院後のだるさは一回目と同じでなかなか取れず、ごろごろと寝転がる日々が続いた。

ブログを読んだ方からの面倒くさいお見舞いメールは思ったよりも来なかった。きっと触らぬ神になんとやらと思ったのだろう。お金はないから仕事は欲しいところなのだが、こうもだるいと受けることもできないのだから、しかたない。

それでもいくつかはメールが来た。主に同病の方、もしくは同病者を身内に持つ方からで、ブログでは仮名にしていた担当医の名前をあてて（しかも正解！）、彼の評判を調べることもできると、教えてくださる方もいた。健康食品をすすめるメールをくれた友人もいた。どれもこれもご厚意から発するものであるから、お礼は申し上げた。が、どれも試すことはなかった。もうすこし自分に気力があれば、前向きになってそういうこともできたかもしれないが、癌に罹る以前から心身ともに疲れ果てていたのだから、申し訳ないが、なにかをすすめられること自体がつらかった。

唯一役立てたのは、それまで知らなかった高額療養費制度の存在を教えてくださったメールだ。面識ない方からであった。どれだけ気持ちが軽くなったか知れない。今でも心の底から感謝している。

Ⅲ　ようこそ副作用

不快が一杯！　痒くて痛くて暑くてうるさい

残った乳腺には左右ともどもまだまだ癌の芽が散らばっている。放っておけばまた大きくなる可能性が高いので、ようやくホルモン療法を受けることにした。毎日錠剤を飲むだけのことだ。思ったよりも結構お手軽だ。ただし薬代は月に七千円ちょっと。安くはない。そしてご存じの方も多いと思うが、ホルモン療法には副作用がつきものなのだ。

薬の副作用が本格化するには数カ月の猶予があったので、その前に直面していた術後の不快症状について触れよう。

まず傷に当てるガーゼを固定するテープの痒みに苦しめられた。アトピーあがりの過敏肌なのでしかたないのだけれど、寝られないほど痒かった。しかしそんなものはまだよい。傷を縫った糸にも肌は反応してくれた。傷をかきむしるわけにはいかない。まさに隔靴《かっか》掻痒《そうよう》。しかも二回目の手術のときには抜糸せずに済むようにと、体内に吸収される縫い糸を使ってくださったのだが、これが滅法痒かった。完全に溶けてくれるまでずうっと痒かった。アトピー真っ最中だったらもっとつらいに違いない。

ちなみに入院中にマットレスのベッドに寝て腰痛が再発しないかも大いに心配したが、そこはさすが病院のベッド。大丈夫だった。腰痛がほとんど治ってからも、高級ホテルのベッドであっても二日寝ればかならず腰が痛くなるのでいつも床に毛布を敷いて寝ていたのに、大丈夫だった。すばらしい。自分がベッドを置ける広さの住居に住む日が来たら絶対病院で使われる介護用ベッドを購入しようと決心したくらいだ。

そして一番の懸案だった左腕の痛みはといえば、これがなかなか取れなかったのである。手術後二ヵ月くらいは左手の指に力をこめて道具を操る作業はかなりの痛みを伴った。切り絵は思い切って筆ペン画に変えた。それでもちょっと作業をすれば、左腕が痺れて感覚がなくなってしまった。毎日揉みさすっていた。二回目の手術入院を終えて、一度目の手術で腋を切ってから半年経っても痛みは変わらず、これまでのように作業できるようにはならなかった。

日常生活は普通にできる。むくみもほとんどない。このくらいではやはり後遺症が残るとは言えないのかもしれない。しかし自分にとっては大打撃である。それと冷房などで肩から腕を冷やすとてきめんに痛みだすので、サポーターを作って腕にはめ、夏でも傷口には小さいサイズのホカロンを貼っていた。ともかく温めれば痛みがなくなり、とても気持ち良くなるのだ。ずうっと温めていたいくらいだ。

同じころ母親から、末期癌患者が集まるので有名な東北の温泉に（またもや費用を出すからと……ああ母の愛）冬じゅう静養に行くようにしきりにすすめられていたこともあり、本格的に身体を温めてみようと思った。とはいえ母親に甘えるのも嫌だし、少ない仕事を切るのも嫌だし、不安だ。

そこで上野に東京で一番安い一回千五百円の岩盤浴を見つけて通うことにした。麦飯石とかいう黒い玉石の上にごろごろ寝ながら全身温める。左肩から腕にかけては石を上からのせてくるむようにした。気持ち良かった。冬じゅう通っただろうか。

年が明け二月末になって、帰り際、信号を待っているときに身体が急に熱くほてった。代謝が良くなったためだろうかと思ったのだが、それから頻繁にほてるようになり、だんだんほてるときに気持ちが悪くなってきて、あ、これがホルモン療法の副作用であるところの「のぼせ」というやつだと思い至った。

うわー来たよやっぱり副作用。

のぼせは、ときと場所を選ばずにやってくる。ぐわあっとせり上がるように身体の中から熱が湧いて脳天に昇っている間、暑くてたまらない。吐き気に似た気持ち悪さが胸にくすぶる。息もあがって、しばらくはあはあと深呼吸しておさまるのを待つ。首周りに熱がこもって息苦しくなるのが嫌で、大好きだったタートルネックのセーターやカットソーはすべて捨てた。起きているうちはそれでも自分で調節できるからいい。寝ているときにのぼせが来ると、寝たまま布団をすべてはいでしまうので、朝方寒さに震えて目覚めることが何度もあり、このままでは風邪をひいてしまうのではないかと心配になった。

副作用は人によってさまざまらしい。私の場合は数ヵ月後からはじまったのぼせに加えて、だんだんと聴覚がおかしくなっていった。これまで気にならなかった自転車のブレーキ音や拡声器のハウリング音などがだんだんと苦手になった。食器のぶつかる音などもつらい。

要は家でおとなしくしていればいいということなのであろう。しかし二度切ったとて、そうすぐ簡単に死にそうにないのであるから、半病人のまま治療費、生活費をなんとか稼がねばならない。

それにしても相当きつい状況であったのに、当時の私は一度も仕事は無理だから諦めようとか休もうとか、思わなかった。癌になる前には諦めようかと思った仕事であるが、ここまで身体が動かず、外出もつらいとなると、会社員どころかパートの単純作業だって、難しい。外に毎日働きに行くことができないならば、腕の痛みもなんとか耐えられるし、この仕事にしがみつくしかないと思い直したわけだ。

配偶者に養ってほしいと泣きついたことはない。愚痴をまき散ら

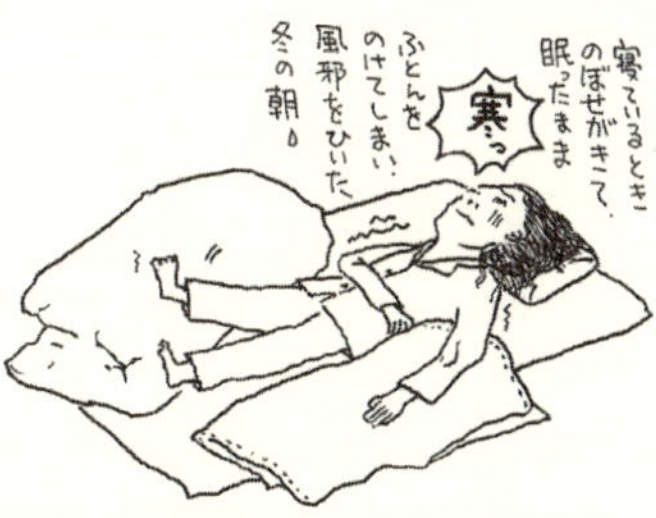

しながらも仕事を諦める気はまったくなかった。まだできる、まだできると思っていた。もう無理だから養ってほしいと言っても良かったのだと、今すこし思う。

しかしあのときもし休んでいたら、そのままぽっきり折れて、現在このように締切をいくつもいただける生活に戻ってこれたかどうだか怪しいものだとも思う。どちらが良かったのかは、死ぬまでわからないだろう。

絶不調、ほどけるように眠りたい

ホルモン療法による副作用、のぼせと耳のトラブルとが日常になった二〇〇六年五月、これまで書いた原稿をまとめた本『センセイの書斎』（幻戯書房）を上梓した。ようやくの一冊目の単著だった。配偶者が編集してくれた。

出したからにはすこしでも売りたいと、書店でのトークショーが東京と関西にまたがり数日間連続で企画された。関西に行くにも交通費や宿泊費がでないので、製本工芸のワークショップを合間に入れ、さらに友人の家に泊まらせてもらった。

もともと人前に出るのがあまり好きではないから机に向かう仕事をしているはずなのだが、本が売れない昨今、読者の方々の前に顔を曝《さら》さねばどうしようもない。それはよくわかっている。わかっているからこそ受けたのであるが、病気以前からあまり人に会わない生活になりつつあったところを我慢して人前でしゃべり続け、さらに知らない人にたくさん話しかけられた緊張とストレスに副作用が重なり、夜よく眠れなくなってしまった。

そのまま無理にトークをこなしていくうちに、ある晩、難波駅の地下通路で息が苦しくなり、一歩も動けなくなってしまった。だれにも会いたくなくなり、そのまま地下街の広告に「すぐ上」と書いてあったビジネスホテルに電話をかけて予約をとり、這うように地上に上がったらラブホテル街の外れだった。広告に嘘偽りなく目の前にあったラブホテルのようなビジネスホテルに倒れ込むように入った。

古いホテルだったのでベッドのスプリングはないも同然で身体がずぶずぶ沈み、すぐに腰が痛くなってきたので床に寝た。絨毯の埃と消毒薬の匂いが鼻をついた。身体はこわばり、深呼吸をしても身体の中に息が届かない。いくら寝ても寝た気がしなかった。カビくさい冷房でアトピーも再発し、鼻の穴が猛烈に痒くなった。

自分はかなりやばいのではないか。

このまま起きられなくなるのではないか。だれかと話をするたびに具合が悪くなってしまっては、なにもできない。恐怖が身体を駆け巡った。

癌で二回も手術をして、それでいずれ死ぬかもしれなくても、怖くはなかった。それは身体が動くからなのであった。今はっきりとわかった。癌のせいなのかなんなのかわからないけれど、この癌の手術と関係あるとも思えない、原因不明の身体のだるさ苦しさを抱えて生きていくほうがずっと難しい。このままでは仕事をすることはおろか、自分の中での唯一の娯楽、生きがいである、日本を脱出して海外に出かけることも、できなくなってしまう。

だるくて身体が動かなくても、そんなに簡単には死につながらないだろうから、ずっとこのまま、半分寝たきりの状態で生きていかねばならないのかもしれない。脚や背中のどこかを物理的に痛めて横臥しているわけではないのだから、周りからは怠けているように見えるし、理解もされないだろう。実際に配偶者は私が深刻な状態に陥っていることがいまいちわからないようだった。ぞっとした。

冗談じゃない。

このまま寝たきり（なのに不眠）になってたまるか。いや、せめて気持ちよく寝てからくたばりたい。冴えたままの頭でホテルの冷房の送風口をいつまでも眺めていた。

この日のことを思い出すといまだに息苦しくなる。その後は人に会うのをできるかぎり制限したのでここまで倒れ込むようなことはなかったが、それでもホルモン療法を受けている間、何回か、天井が低くて窓が少ない薄暗い場所で、たくさんの人に囲まれている状況になると、のぼせと耳鳴りと身体のこわばりに襲われる発作に近いものを起こした。

ホルモン療法をやめた現在では、薬が抜けて発作はもう起きないはずなのだが、疲れやストレスがたまるとたんに耳がおかしくなる。そんなわけでいまだにそれらの場所に近づけないし、当時会っていた人たちとも会えないでいる。申し訳ないが、発作を思い出すのが生理的に耐えられないのだ。

とにかくまず眠りたい。

のぼせで夜中に眼が覚めるようになっているとはいえ、せめて短時間でも普通に眠れるようになれないだろうか。朝起きてもくたくたに疲れている状況をなんとかしたい。こわばりっぱなしのこの身体をほぐしたい。あの、操体を受けたときの身体が開く感覚、あれをもう一度自分の力で起こすことを目指そう。

太極拳を再びやる気はなかった。身体を強制的にでもほぐさねばならないのは、地方や海外の旅先や、天井の低い場所などで、たくさんの人と話をし続けなければならないときだ。広い場所がなければできないものは無理だ。そう、ホテルの部屋で、夜寝る前や朝できるようなのがいい。ならば、ヨガはどうか。マット一枚のスペースならば、監獄の中でだって確保できるはずだ。

ヨガかあ……。癌が見つかる直前、インド取材中にデリーの安宿の屋上でマットを敷いて座ってメディテーションしている西洋人に冷たい視線をくれていたこの私が、ヨガかあ……。いや、わかっている。しっかりした呼吸を身につければ、相当健康にいいことはわかっている。大学三年生の冬、毎週座禅に通っていたときは風邪ひとつひかなかったし。

大学のとき、エリアーデとか読んだよなあ。忘れたけど。でもそのおかげでというのも変だが、内向的になりすぎて社会になかなか順応できないどうしようもない自分を育ててしまったという負い目がある。社会で働くようになってからは、とにかくスピリチュアルなものとは距離を置くようにしてきた。いや、そういうのと袂を分かってここまでなんとかやってきた、とも言えるのだった。ああ、なんて恥ずかしい自意識。

しかし折よくヨガは都会の婦女子の間で大流行していて、宗教色を抜いたパワーヨガスタジオがたくさんできていた。ま、これならいいか。しかし写真を見ると、みんな小綺麗な格好をしているのだ。身体の線がばっちり出る、綺麗な色のヨガウェアが雑誌でも紹介されている。うーーーん。これはこれで気後れするよなあ。

ヨガをはじめたのは二〇〇六年の初秋だ。ヨガなら区のふれあい館でやってますよ、とご近所に住むOさんが教えてくださった。ああ、そういうところが合っているかもしれない。さっそく申し込んで行ってみることにした。

用意したのは大きめのTシャツにジャージ、そしてバスタオル。近所から自転車などで駆けつける人が多かった。先生の言う通りに呼吸を整えて、静かに身体を動かしていく。静止して五呼吸。激しい動きもほとんどないのに、先生に言われたとおりに身体の位置を定めると、バランスがとれずにぐらぐらしたりする。それでもほとんどの動きはとても簡

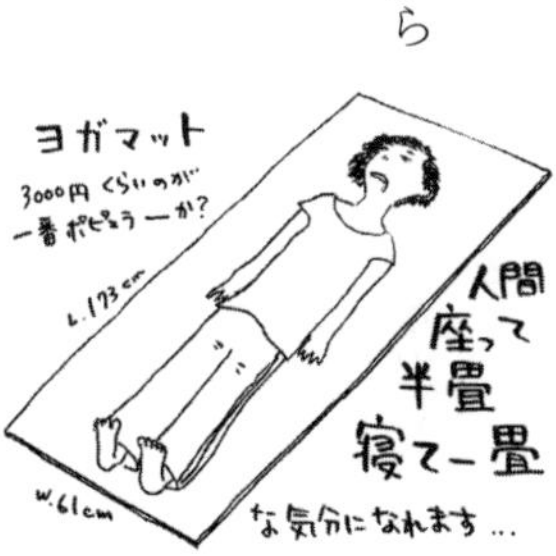
ヨガマット
3000円くらいのが一番ポピュラーか？
L.173cm
W.61cm
人間座って半畳寝て一畳
な気分になれます…

単なもので、え、こんなもんでいいの？　という感じだった。柔軟体操を終えたような気持ち良さだった。

驚愕したのは終わって帰宅してからのこと。

なんの魔法をかけたのですかというくらい、身体がだるい。筋肉が痛いわけではないのに、身体がバラバラしている。身体の芯に電極を刺して思いっきり揺さぶられたあとのようなのだ。こりゃすごい。もう十年近く寝つきが悪くて、いつも読書時間に充てていたのであるが、布団に入った瞬間にことりと眠りに落ちた。

翌朝はもっとびっくりした。さらにだるさが増したのだ。身体が動かないくらいだるい。ヨガを体験した友人は、このだるさが嫌でその後やらなくなったという。たしかに普通に元気な人ならば、こんなだるさは耐えられないだろう。第一、仕事にならない。実際私もその日は起きあがることができなかった。

起きあがれずにゴロゴロしていたのならば、大阪でぶっ倒れたのとなにが違うのかと思うだろう。違うのだ。これが。全然。天と地ほど違うと、身体が申している。たしかに身体はだるいのだけれど、こわばって息苦しくなってくるのとは全然違うのだ。寝れば寝るほど気持ちよくほぐれていく。

だるいのはきっと、これまで身体にたまったコリのようなものがほぐれているからなのだと思えた。あーやっと身体が身体のしたいようにふるまってくれているよ。気持ちいいなあ。一体どれくらいぶりなのだろうか。私はだるさを思う存分味わいながら、まるまる一日夜まで横たわり続けた。

そうして週に一度そのヨガ教室に通ううちに、だんだん身体が慣れてきた。するとあの衝撃的な身体のほぐれる感じは味わえなくなってきた。寝つきも普通に戻った。要するに物足りなくなってきたのだ。ちゃんとしたポーズもきちんととれないくせに。なんか、もっと身体をきつく動かすヨガもあるよねえ。

パソコンで検索した結果、山手線内の主要駅前に展開するスタジオを見つけた。入会金もいらないし、どこのスタジオに行ってもいい。月謝でなくてチケット制で、さらにドロップインといって、一回だけの受講もできる。三千円と高めだが、ためしにやってみるのにとてもよい。

自分も何回か製本のワークショップを主催しておいてなんなのだが、女が集まるお稽古事は、なにかと面倒くさい。なんなんなんともしがたい、謎の空気が醸成される。あれがとにかく嫌なのだ。集まった生徒同士の中で先生のお気に入りを称するボスができ、ボスの金魚のフンができ、先生の教えを護るという名目のもとに排他的な空気が生まれる。少々オーバーに書いたが、だいたい似たような空気が濃いか薄いかというだけだ。

先生としてはこういう空気をうまいこと利用して育てて弟子を増やしていくのだろうけれど、私はそれがどうしてもできず、自分の持つワークショップを定期的な教室にすることはできなかったのだった。

もちろん受講する立場となっても同じだ。この女たちがつくるコミュニティというか猿山にいかに近づかないか、に心を砕かねばならないのがなんといっても面倒くさい。

しかしこのスタジオならば、毎回同じ先生の講座を受けなくてもいいし、用事に合わせて場所も変えられる。パソコンから神楽坂のスタジオの初心者クラスに予約を入れた。

恐る恐るたずねたヨガスタジオは、明るい板張りに観葉植物と、小綺麗で都会的な空間であった。柑橘系のさわやかなアロマの香りが漂う。公民館とはだいぶ趣が違うぞ。こんなところで、鏡で猫背な自分の身体を見ながらヨガ。

耐えられるのか、私。いやしかし身体の中からもっとヨガをやってみたいという声がするのである。身体を呼吸とともに動かして、芯からへろへろくたくたになって眠りたいよと。わかった、あんたがそこまで言うならば、女の猿山にも分け入ってみるよ。それにもうあとがないし。

心と身体の会議を終わらせ、私はおどおどと更衣室に向かったのであった。

身体にヨガをせがまれて

先夜、総武線から山手線に乗り換えるのに秋葉原駅を歩いていたら、操体に通っていたころのことをふと思い出した。当時は人ごみが嫌というレベルではなく、操体を受けてすこし元気になったと思っても、この秋葉原駅の乗り換えでぐしゃぐしゃに萎《しお》れ、足を前に出すのすらだるく、立ち止まりがちだった。用事がない限り外出しない日々だった。

雑踏や人ごみは今も好きではないし、音に対しての敏感さはいまだに残っている。いつもｉＰｏｄをノイズキャンセリングイヤホンにつなげて着けている。しかし息苦しく足が重くなることは、ない。すたすたと歩ける。じつのところ、癌を何度も切って今なお生きていることよりも、だるさを感じずに歩けることのほうが、不思議でしかたがない。

山手線内の駅前に散在するヨガスタジオは、思ったよりも快適だった。なにしろ受講人数が多いこともあって、生徒同士で口をきくことがほとんどない。更衣室でそそくさと着替えては口もきかずに帰ってゆく。ほほう、ちょっと近づかないでいるうちに、女のお稽古事の世界も薄い人間関係が好まれるようになったのか。しかしそのほうがありがたい。

ビギナークラスからはじめて初級、すぐに中級にとクラスを替えていった。上達したわけではない。ポーズがとれないくらいで足掻いてゼイゼイしているほうが気持ちよかったのだ。ただし一番後ろを陣取る。なるべく目立たないように。邪魔にならないように。

そう、ヨガもいろいろな種類がある。一時間半受講していると息があがったり、汗でヨガマットが滑ってしまうくらいの運動量のヨガもたくさんあるのだった。とにかく身体をくたくたに疲れさせたい。

それだけならばヨガに限らなくてもいいんじゃないかと、おなじスタジオで開講していたピラティスも何回か受講してみた。けれどもこれがいまいち気持ち良くなかった。ピラティスも呼吸とともに身体を動かすのであるが、終わった後の身体の疲れの気持ち良さが違う。

ヨガが続いた原因はもうひとつある。私の腕の長さである。はじめたばかりの私の身体はとても硬かったが、腕が長いのでねじろうが前屈しようが手だけは床や脚先に楽勝で届いてしまう。手が届くことが大事なのではないと、さんざん教えられるし、そのとおりなのだが、はじめのころはやっぱり嬉しい。

しかしなにより私にとって重要なのは、身体を芯からくたくたにすること。ただもうそれだけを求めて、一時期は貯金に頼る生活であったにもかかわらず、決して安くはないチケットを買い求め、週に三回も四回も通っていた。

あのポーズができなくて悔しいとか、できるようになりたいという気持ちは、なくはないけれど、とても低かった。なにしろ生来の運動音痴なのである。うまくなりたいなんて、思ったところでできるわけがないと思い込んでいた。

その場で身体が動かせて気持ち良く疲れればそれで良かったのだ。ヨガをやったその日は爆睡できる。爆睡できれば翌日はゴロゴロせずに単行本の原稿整理ができる。それはもう何ものにも代えがたい。それから先のことなど本当にどうでもよかった。薬で抑えているとはいえ、いつまた癌がにょきにょき大きくなるかわからないのだ。

ヨガスタジオのホームページからスケジュール表を閲覧しては、今日は渋谷、明日は池袋と、苦手な雑踏をイヤホンつけてすり抜けてはスタジオの入ったビルに駆け込んでいた。

そのうちに終わった後、身体の真ん中、心臓の裏側あたりが強烈に気持ち良くなる先生と出会うことになる。Kさんだった。通常男性の先生は敬遠されがちなのだが、人気のある先生のようで、彼のレッスンはいつもスタジオが満杯だった。

先生によってレッスン内容ががらりと違うわけではない。基本的

なポーズの流れは同じだ。なのにKさんのレッスンは、呼吸の指導方法なのか、ポーズの組み合わせ方なのか、受講後の熟睡の深さがまったく違う。じつに不思議だ。週に何回もいろんなクラスを受けるより、Kさんのクラスを週に一回かならず受け、もう一回どこか別のクラスを受けるようにすれば、眠れずに身体が重くてだるくて朝からゴロゴロすることもなくなった。

〝オウム〟は無理!?　騒ぐ心をなだめすかしつ

ヨガは単なるスポーツでないのは承知だし、身体だけでなく精神をもコントロールするためのものだということも、一応わかっているつもりだ。

気恥ずかしいのをこらえて書けば、身体と心（意志）は連動している。切り離しようがない。なのに私は生まれたときから意志だけで生きていけるものと思い込んできた。そして思い返せば自分の人生の重大な転換点はすべて、なぜか頭で考えようがない、降ってわいたような計算外の、無秩序と偶然と感覚に突き動かされてやってきたものなのだった。

いつもその後の対応に追われてジタバタしながら生き長らえてきた。悲しいことに、意志と努力だけで進めたことで、身についたり報われたものは果てしなく少ない。どういうわけか、追われてジタバタしているうちに身についたもののほうが役に立つ。

どうやら自分には意志だけでなんとかできるものなんかなにひとつないのだということを、いい加減認めたほうがいいのだろうか。しかしいつも頭で考えるだけで動いてしまい、そしてうまくいかずに心も身体も失速してしまう。三十代の私は仕事がうまくいかないまま気持ちを落ち込ませ、身体も淀み荒んで、活動休止寸前状態までいってしまっていたのではないだろうか。そういう状態だったから癌を体内に発生させ育ててしまったと解釈することもできる。もちろんそういう状態になっても癌にならない人もたくさんいるので確実な因果関係として思っているわけではない。

ところで、癌を通じて身体が不如意になってみて、ようやく心と身体は連動しているものだと気がついても、心は身体がいいというものに全面降伏するわけではない。心というよりは、意志と知性か。やつらにはやつらで考え積み重ねてきたものがある。それらをそう簡単に手放すわけにはいかない。ヨガをやっていれば、確実にその問題に突き当たることははじめからわかっていた。

自分にお祈りができるかどうか、である。

先生が身体の動かし方や呼吸、意識の集中のさせ方を言葉で説明していくのはいいのだが、クラスによってはサンスクリット語で祈りの言葉を唱えましょう、ということになる。ほとんどの場合強制はされない。だから適当に口をもぐもぐやってごまかしている。しかしながら、その時間は非常に居心地が悪い。意志がむくむくと作動し出す。サンスクリット語の意味もわからずに、いや、意味は質問すりゃ答えて下さるんだろうけれど、文字どころか文法もわからずにその言語を唱えるというのがどうしても嫌なんだよな——。

これでもハングルもキリル文字もアラビア文字も、その国を訪ねるときにはたとえ十日の旅行でも、読めるようにして、文法の骨格くらいは把握してきたのだ。帰国してすぐに忘れたものもたくさんあるけれど。しかもサンスクリット語は、大学のときに一年間文法を受講してさーっぱり身につかないまま手放した言語ではないか。それをいまさら意味もわからずに唱えるのか……。説明しにくい悔しさが、もやもやと立ち昇る。

じゃあ座禅をやっていたときに経文は唱えなかったのかというと、そんなことはない。般若心経のほかいくつか覚えた。例によってまともに覚えちゃいないが。ただしあれは漢字を眺め読み覚えて唱えていたから、意を得ない言葉であっても、音だけではない。わからなくても意味は付着している。口蓋や頭蓋や肋骨の中に自分の声を響かせながら、意味に思考を馳せることはできた。ポーズにすぎないチャチなもの止まりだったにせよ。

それに一九九五年の宗教テロ、地下鉄サリン事件であれっだけ毛嫌いされた「オウム」という言葉を、なぜ他の人はなんにも思い出さずつまずかずに唱えられるのか。いや、ひょっとして内心いろいろな葛藤があった末で唱えているのか。わからん。私はオウムと唱えるたびにあの宗教弾圧にも似た社会の奇妙なアレルギー反応を思い出してしまって、とてもじゃないがなんにも考えずに唱えることなんてできずに口が固まる。

自分の中で宗教とは何かという答えが出ない限り唱えてはいけないのではないかと、恥ずかしくてたまらないけれど、実はそう思ってるのである。ああ、我ながら自分の心が面倒くさい。

ヨガをやるにあたって戸惑っているポイントは、お祈りのほかにもう一つある。菜食主義と連動していることである。私は十年以上も屠畜場の取材をしてきていて、大規模屠畜による肉がいかにして作られるか、肉食と人が世界各地でどんな文化を作りあげてきたのかをまとめ上げてちょうど単行本にしようとしていた。

菜食主義をすべて批判する気はまったくない。私とて体調が悪いときは菜食にする。玄米と豆ご飯と納豆も大好きだ。ただ、菜食主義の中でも肉食を殺生とつなげて否定する考え方にはなじめない。人間は何の生命も犠牲にせずに生きることはできないのだから、傲慢だとすら思う。ついでに言えば、ヒンドゥー文化と菜食主義の根底とは切っても切れない関係にある、カースト制度もどうしても肯定する気になれない。

まあ、いま日本でヨガを教えている先生でカースト制度までを肯定してそれを公言する人に会ったことはないし、さすがにほとんどいないんじゃないかと思うけれども。

はじめに通ったスタジオは宗教色を抑え目にしているところであったが、それでも先生によっては祈りを促されたし、その後に足を運んだどのヨガスタジオにも、ヨガ関係の雑誌やパンフレットが置いてあり、そこには完全菜食や、生食《ローフード》といって加熱しすぎない野菜や木の実などだけを食べることをすすめる記事が満載なのだった。中には大規模屠畜の弊害に言及する記事もある。ちょっとだけど。うーん。

話はそれるが、これらの冊子で紹介されている菜食主義のメニューが、もともとはインド発のはずなのに、西洋世界経由でばかりもたらされているのも実はちょっと気にくわない。中国や韓国にも、そして日本にだって、もとをたどればインドから伝来してきた菜食があるではないか。

あくまでおおまかな印象であるが、宗教色を抜くということがインドのドメスティックな匂いを消すというだけにとどまり、西洋経由ならば祈りもチャンティング、完全菜食も生食もビガン、ローフードと呼べばそれで洒落た感じになって受け入れられてしまっているように思えてしまう。そんなもんでいいのかね。

それじゃあインド色濃厚なヨガスタジオがいいかというと、もちろん完全菜食をすすめられそうでもっと近づけない。

ああ、つくづくと面倒くさいな私の心は。

私の本はたいして売れないだろうけれど、日本では屠畜現場の情報がほとんどないため、知識を仕入れるために菜食主義者が手に取る可能性は結構高いと思われる。屠畜をルポした本には、主義ではないけ

れど苦労して自分の最低限の主張は込めた。はじめてのことだ。こっそり言いたいわけじゃない。でも、ちゃんと胸を張ってこれを書いていますと、だれに対しても、ヨガの先生たちに対しても言えるだろうか。それでもし嫌がられたとしても、ヨガをやって身体が気持ちよく楽になることは変わらないから、辞めたくはない。いやたぶん辞められないだろう。それでもどこかで続けることはできるかなあ。

あのころヨガスタジオの帰り道、よくそんなことを考えながら歩いたものだった。もちろんスタジオには筆名ではなく本名で登録していたから、しらばっくれて通えばいいよね、とも思っていたが。

視線の先が気になって　ヨガから迷い込む女子道

かような形而上（？）の問題はさておき、小綺麗なヨガスタジオに通うようになって、また全然別の問題にも直面した。まったくたかがヨガをはじめただけで、随分いろいろとあるものだ。列記していて呆れてしまう。しかしこちらの問題もまたそれなりに深刻なのである。女の身だしなみをなんとかせねばならなくなったのだ。

なにしろフリーランスの人間は、自宅から一歩も出ずに、通勤電車にも乗らずに、セクハラ気味の上司やクライアントのいる面倒くさい酒席にも出ず、パンプスやストッキング、化粧とも無縁で仕事ができる。つまりは身だしなみを気にせず生きようと思えば生きられる。腰痛とアトピー性皮膚炎と貧困がそれを後押ししたため、一時期の私は小汚いを通り越し、そのまま紙袋とともに路上生活をしてもおかしくないくらいにまで「構わない人」となっていた。もちろん路上生活なんて一晩も耐えられない軟弱者だが。

まずとにかく第一に、足である。ヨガは裸足でやるものなのだ。ガサガサの腕と脚は長袖や大きめのTシャツにジャージでなんとかごまかせるが、くるぶしから下だけは隠しようがない。だからなのか、みんな足の裏が餅のように美しいのだ。なぜなんだろう。ヨガのポーズがはじまれば、集中して周りの人を見る余裕はそれほどないのであるが、自分の足が汚いと思うと気になって、つい静止しているときにちらちらと周りの足を見てしまう。

毎回一生懸命早めに行って、一番後ろの壁際に陣取ってだれにも見られないようにしていたが、どうしても遅くなって先生の真ん前あたりしか空いていないときもある。すると四方から丸見えだ。カサカサの足の裏を見られるのはいたたまれない。こういうとき自分は日本の女だなあと心の底から思う。

小学生のときから集団にいればこの「同じにすべし」という呪縛がつきまとうのが日本だ。集団における無言のお約束。特に女子集団においては強い。これが嫌で子どもも作らず、自宅でひとりでできる仕事を選んだといってもいいのに。しかしどうしようもない。身体がヨガに行きたいと言ってるんだから。そして人目もなにもかもお構いなしでヨガに集中できるほどエトランゼな肝も持ち合わせていないのだから。

というわけで一日置きに軽石で足の裏を擦る日々がはじまった。しかも、エンドレスに!!だんだんコツもつかめてきた。女性ならだれでもご存じのことなのかもしれないけれど、足をふやかしてから一旦水分をタオルで拭き取るのが重要なのである。これだけで全然垢の取れ方が違う。濡れたままだといくら擦ってもろくにとれないのである。

これを発見したときは嬉しかった。しかし結構時間をかけて綺麗にしたつもりでも、一日経つとあっというまに角質がたまる不思議。しかもあの擦っている時間はまぎれもなく私の嫌いな単純反復労働。この時間に何ページ本が読めるのかと考えてしまうとうんざりする。

働いて、子育てして、上から下まで身綺麗にしている女性って、睡眠時間削って足裏を削ることをどう考えているのだろうか。これまで別世界の一言でかたづけて考えもしなかったが、つくづく偉いんだなと感心する。それに尿素クリームだの、角質を削るやすりだの、随分こまごまと金がかかるじゃないか。

しかし足裏をつるつるに綺麗にすると、なんだかとても気持ちが良い。あれ、こういう気持ち良さ、すごく久しぶりだなあ。そうなのだ。周りとの協調という（私にとっては）面倒くさい部分もあるけれど、自分の身体を綺麗に手入れすると、とてもつやつやかで嬉しい気持ちにもなるのであった。忘れていた。アトピー再発が怖くて、とにかく身体に触らないように、見ないようにしていたからなあ。

資料もゴミも紙一重、本の山から離脱せよ

　このようにしてヨガをはじめて半年ほどしたころから、身体の変化がすこしずつ現れてきた。まず睡眠。ヨガに行かない日でも毎晩身体が温まったら確実にことりと落ちるように眠ってしまい、夢もほとんど見なくなった。寝起きも爽やか。モノゴコロついたときから、目が覚めた瞬間からだるいのを気力で振り払って起き上がってきたのに、皮一枚剝いだように爽やかなのだ。ただしホルモン療法の副作用ののぼせで目覚めるときはどうしようもないけど。なんだよ、普通に健康な人ってこんなに爽やかに暮らしてたのか。のぼせがなければ最高だなあ。

　さらに身体の冷えがすこし良くなって、脇のリンパ節を傷つけた左腕が痛みにくくなってきた。助かった。このままヨガを続けていれば、これまでと同じとはいかなくても、左手をある程度細かく使う仕事も再開できるようになるかもしれない。そんなふうにも思えてきた。

　しかし一方で、ヨガの効果もまったく届かず、ホルモン療法の副作用は日に日に確実にひどくなっていく。私の両方の乳腺にみっしり散在している癌の芽は、切除した癌細胞を検査

した結果、女性ホルモンの一種であるエストロゲンを餌にして大きくなるタイプだとわかった。

投薬によってこのエストロゲンの分泌を抑制したり、癌細胞につくのをブロックしたりするのがホルモン療法というわけだ。たしかに右胸の癌を発見したときは、生理の前であった。あわてて病院に予約を入れてるうちに生理になったら、一旦膨れ上がった癌（私の場合は正確に言うと癌ではなく、癌細胞が吐き出す粘液の塊を触って見つけているのだが）も小さくなったのだった。だから女性ホルモンと活動をともにしているのは自分でも実感できた。

二度目の手術のあと、抗エストロゲン剤であるノルバデックスを毎日服用した。副作用には個人差があるとのことだったが、私のは前述したとおり、まずのぼせがひどくなり、それからどんどん騒音が苦手になっていった。ノルバデックスとの正確な関連性があるのかはわからないけれど、音とのぼせがあいまって、狭い場所、窓のない息苦しい場所なども耐えられなくなっていった。

そしてさらに困ったことに、アトピーになったころからだんだん憂鬱になっていた自宅兼仕事場に本やモノがぐちゃぐちゃと積みあがっている状態が、どうにもこうにも耐えがたく、うわっと吐き気をもよおすようになってしまったのだ。

自分の家がつらいとは、どうしたものか。

自分の家だけでなく、薄暗く狭く湿った空間全般が苦手になり近づけなくなった。これまではどんなに暗く汚く狭いところでも大丈夫で、本がたくさん積みあがっていてもいっこうに気にならなかったのに、朝起きた途端に床にもたもた積んであるものをザバーっと全部一気に捨てたくてたまらなくなる。

聴覚異常やのぼせからだけでなく、気持ちの問題も大きかったのかもしれない。癌になってみて人生のあとさきを考えなくて済むようになった分、「いつか読む、書く」ために積んである本というものがまったく無意味でくだらないゴミにしか見えなくなってしまったのだ。恐ろしい。しかし気分の問題とはいえ、本当に息苦しく気持ち悪くなってくるのであるからたまらない。これはどうにかしなければならない。というわけで、とうとう身体の命ずるままに、今度こそ引っ越しを決意した。

ずっと本に囲まれて暮らすのが夢だった。子どものころの話ではない。二十歳を過ぎても本気で思っていた。願い高じて二十代の半ばは、人の書庫の番人のようなことをしていた。あのころは床から積みあがった本を見ても、なんの苦痛もなく、本の天小口にたまる埃を気にしたことすらなかった。

それが三十歳でアトピーが悪化し、ハウスダストや古本のカビにアレルギー反応を起こしていると診断されたころには自分の本と配偶者の本は、すごい勢いで増殖しはじめて、三十八歳で癌になって、ホルモン療法の副作用から閉所恐怖症となるころには、本棚の隙間に寝るほどになっていた。

文字通り身動きできないほど本に囲まれるという念願叶ったときには、なんっにもない風通しの良い砂漠みたいな場所にぽつんといたいと心から願うようになっていたというわけだ。皮肉なことこの上ない。

人間変われば変わるものである。霊的なものが見えるわけではないのだが、暗く湿った場所に長くいると、自分の身体までもが淀んだ空気で満たされていくようで、息苦しくなるようになった。

聴覚も過敏になってマイクのハウリング音なども苦手になってしまったものだから、必然的に暗くて通気の悪い場所にぎゅうぎゅうに人を詰め込むライブハウスにも近づけなくなった。現在は投薬治療をやめて薬もとっくに抜けているため、そろそろ良くなったかもと、昨年秋、私にとって鬼門中の鬼門、新宿ロフトプラスワンに行ってみたが、やっぱり息苦しくてフラフラになり途中で退出した。とても残念だ。

投薬をやめても聴覚障害が残ってしまうという人には結構出会う。耳鼻科に行って聴覚を測定しても異常なしといわれるので、いわゆる抑うつ状態の一種なのかもしれない。

当時は前述したように二回目の手術後に家賃を値下げしていただいたまま、西日暮里のマンションを仕事場兼住居として使いつづけていた。五十四平米のマンションに天井つっぱり式の本棚を突っ込めるだけ突っ込んで、身動きできるスペースは布団を二つ敷く場所だけ、という状態だった。来客はできるかぎりお断りしていたが、それでも訪ねてくださった方はみな遠近感を失い、挙動不審になった。近所に住む森まゆみさんがお子さんをつれて遊びに来てくださった際には呆れて、

「内澤さんのところは本が扶養家族なのね」と言われた。

人間が居住する空間というものは、どうやらある程度のゆとりが必要らしい。本棚だってヒトひとり通ることができるように向かい合わせて置いたとしても、タイトルをきちんと閲覧できなければただの物置になってしまう。そんなことに今更気づくのも本当に愚かしいが、身体が拒絶するようになって、ようやく真剣に考えるようになった。しかし配偶者は本がたくさん置ければなんでもいい、何も感じないというあいかわらずの麻痺状態のままなので、協力は望めない。私がひとりで考えるしかない。

とにかく、せめて寝るところだけはなんとかしたい。

四方をみっちり本に囲まれている状況で寝るのはもう本当に耐えられない。地震が起きたら間違いなく本の角に頭をぶつけて死ぬ。いやむしろそれで死ねるんならどうでもいい。こ

のまま息がつまる状況で暮らし続けるのが嫌で嫌でたまらないのだ。

だいたい貧しいのに山手線の内側に住んでいることがやっぱり間違っている。しかし癌になったと同時期に、配偶者とともにこの近所でイラストマップを作ったり古本のイベントを開いたりしてきたこともあって、離れるのは忍びがたい。それに加えて現金収入の足しになればと、製本ワークショップを開くために借りた近所の風呂なし六畳一間の木造安アパートがある。家出したときに住んでいたところだ。

ここがまた日がまったく当たらず、置いてた革にカビがつくくらい湿っている。ワークショップ再開のめどはたたないのでなんとかしたいのだが、長く住むにはあまりにも湿っていて環境が悪い。

いろいろと考えた結果、西日暮里から自宅機能を切り離してどこかに移し、空いた場所、つまり寝ていた場所に木造アパートにある製本道具と大机を入れて、広い机で仕事をしたり打ち合わせができるようにすることにした。

問題は、自宅機能をどこにどう移すのかだった。布団と洗濯機と衣服と調理器具とテレビ。ずぼらな性格ゆえに、遠くに設置すれば絶対通えなくなる。できれば歩いて行ける場所が良い。しかし都心は家賃が高い。それをどう工面するか。繰り返すようだが家賃を払っていける収入

ぜったいやっちゃいけない
本の置き方
奥
一定量超えると
奥の本は何入れたのか
確実に忘れます
前

のアテはまるでない。

頭が痛くなるまで考えつめて、これまでちまちまと薄紙を一枚ずつ積み重ねるようにして貯めた貯金をはたいて中古ぼろマンションを買うことにした。それが一番安くつく方法なのであった。癌が再発して治療のために働けなくなるときにそなえて貯金があったほうがいいのだが、ステージIでは死ぬまでの期間は結構あるのだから稼がねばならない。仕事場をこのままにしていては、身動きもとれない。今一度ちゃんと健やかに働けるようになることを考えてみよう。

自宅の近辺には、築三十年を超えたぼろマンションがたくさんある。古い土地なので、新築マンションは少ない。それに新築は手の出る値段ではない。もちろん借りればいいんだろうが、私のような実績もなけりゃ未来もない野良犬が借金のローン審査に通るわけがないので、有り金で買えるところを探すしかない。ローンを組めたところで払い続けるあてもない。

二〇〇六年秋になってから、築年数が三十年を超えるマンションはおどろくほど値崩れを起こしていた。景気のせいもあるけれど、耐震構造の偽装事件があってから、耐震基準が厳しくなる以前に建てられたマンションの人気がガタガタと落ちていたように思う。なにもかもを望んでもしかたがない。金額的には十年住めば元がとれる。それ以内に大地震が起きてマンションが倒壊したら運がなかったということだ。第一、十年生きていられるのかもわからない。

　あれこれと探しまわり、物件を見てまわり、駅と仕事場からほど近く、窓が二方向に開いたマンションをようやく見つけた。どんなに古くても多少狭くてもいいから、部屋の明るさと風通しだけは、どうしても確保したかった。

　年の瀬に慣れない大金（私にとっては）をあちらからこちらに動かし積みあげ判をつき、二〇〇七年一月、ようやく住居と仕事場を切り離した。いやはや現金決済はすがすがしくていい。生涯これでいきたいものだとひとりごちた。これでようやく本が積みあがってないところで寝られる。


　さて、布団や洋服などを運び出した仕事場をどうしよう。自分でなんとかしようと思っても、これまでうまくいったためしがないのだから、またぞろめちゃくちゃになることは間違いない。そんなことをしたらなんのために苦労して仕事場を切り離したのかがわからなくなってしまう。

　あれこれ考えていて、友人でもあるプロダクトデザイナーの高橋美礼さんを思い出した。あ、彼女なら頼めるかもしれない。ミラノのドムスアカデミーというところに留学して、帰国してからはフリーランスとして、店舗設計などもやっているようなことを聞いたことあったなあ。電話でこれまでの状況を説明し、なんとか普通に息ができる仕事場にしたいと相談した。彼女はこちらの事情を飲みこんだ上で、安い組み立て式の家具を多用した仕事場を設計してくださった。

ここからが大変だった。新しい何もない場所に引っ越して空間を仕切りなおすのであれば楽なのだが、書棚がぎっしり林立している状態のままで入れ替え作業をしなければならないのである。何度も投げだしたくなった。大声で叫んで走ってどこかに消えてしまいたい気分をなだめつつ、近所の友人に手伝ってもらいながら、根気強く作業を続けた。

新居／仕事場づくりと並行して、ようやく二〇〇七年一月末付で『世界屠畜紀行』を解放出版社から刊行した。十数年がかりの本であったし、もちろん売れてほしかった。けれども取材の段階から日本人の屠畜に対する拒否反応の大きさにおどろかされてきたので、相手にされないかもしれないとも思っていた。自分が死んだ後にでも、参考資料として知りたい人の役に立ててもらえばいいと思っていた。

ところが予想に反してたくさんのメディアで紹介された。そして朝日新聞の書評欄で最相葉月さんが取り上げてくださったのを見て、藤原努さんというテレビのドキュメンタリー番組を制作しているホリプロ映像制作部のプロデューサーがやってきた。毎日放送の「情熱大陸」に企画を出したいという。私をねえ……。聞けばほとんど企画は通らないとのこと。どうせ無駄足だろうけれど、他にやることもない。

仕事場組み立てと新刊のインタビューなどで忙しかったが、新しい仕事はまるで一向に来ない。お見事にカラッケツなのであった。ここでうまいこと癌が進んでくれたら、思い残しもたいしてなくてちょうどいいのだが、生憎まだすぐに死にそうにない。人生は厳しい。今後の禄を増やすためにもダメもとでテレビの企画に協力するしかなかった。

塗っても描いても痒くない！　いまさら化粧道入門

マイナーな出版社から出した本を仮にも評価して企画に出してくださるのは大変うれしいことだ。それに万が一でも企画が通ってテレビに出れば、本の売り上げにつながるだろう。断る手はない。

とはいえ、話があったときの私はといえば、新刊のインタビューや取材を受ける以外は、地元のイラストマップの改訂など、内職に毛が生えた程度の仕事しかない状態なのであった。しかもヨガのおかげで寝られるようになったとはいえ、まだまだ元気といえる状態ではなかった。インタビューを一本受ければくたくたになり、その日一日立ちあがることができなかったくらいだから、ハードな取材仕事が来たとしても、受けることはできなかっただろう。

それに頭の中は仕事場をどのように組み立て直すのかでいっぱいなのだ。床に物を広げられるスペースは二畳以下しかない。書棚の発注をわざとずらして、それぞれの到着日に合わせて積みあげた本を移動させ、場所を作り、手伝ってくれる友人を呼んで組み立て、本を入れてはまた次の書棚を壊す。まるでパズルだ。もちろん同時に新しい住居のカーテンだの家具だのを発注せねばならない。仕事はそれが全部落ち着いてから考えようと思っていた。

そんな状況の人間を取材したとして、おもしろい番組になるとは思えない。企画をあげるにあたって、この人を取りあげたらこれだけおもしろい、ということを書かねばならないらしく、現状をお伝えしたところ、プロデューサーの藤原さんは「なにかもうすこしだけヒントをくださいい」などと言う。ヒントもなにもこんなどん底の半病人なんか見たっておもしろいわけないのに。

要するに今の状態で取材できることでは物足りないということなのだろう。しかしまったく無名の自分のなにを売ればおもしろいのかを自分で考えるなんて羞恥プレイ、苦痛以外の何物でもない。おもしろくないから無名なんだろうに。必要以上に人と会わずに自宅でできるからとこの仕事を選んだのに、なぜ自分の仕事ならまだしも自分の全部をさらけ出して売るような企画を練らねばならないのか。バカバカしい。

第一、取材をしてルポをかく人間は、取材が入らなきゃ見た目にたのしいことなんかロクにないのだ。書かせてもらえる媒体も連載もないのに、屠畜現場に行けるわけもないし、それに屠畜の現場なんて撮らせてもらえたとして、放映できるわけないのに。なんで私の所にこのプロデューサーはやって来たんだろう。あたまがおかしいんじゃないのか。

だんだん企画案につきあうのが面倒になり、もうどうでもこれで最後だというヤケクソメールを送った。それが後から聞いたところによると、あまりにもけなげだということで、藤原さんとディレクターの瀬々《ぜぜ》敬久さんをやる気にさせたらしい。しばらくして撮影に入るという返事が来た。

撮影がはじまっても放映されなかった例もあるという噂も聞いていたからまだまだ喜べないけれども、貯金切り崩し半病人生活から夢の印税生活、とまでいかずとも、生活の足しになるくらい印税をいただける可能性がでてきた。ちょうど三ヵ月がかりでの仕事場の本棚組み立ても、撮影が入れるくらいには完了した。長かった。

しかしながらドキュメンタリーの被写体になるのは本当につらかった。これまでほとんどなかった白髪がわっと湧くようにでてきた。なにしろ自分が雑誌の仕事で取材する場所に、通常の取材許可とともに取材風景の撮影許可をお願いしなければならないのだ。

「あのーそれで実は私を取材している番組がありまして、それのカメラクルーが四人くらいついてくるのですが……」などと初対面の方にいちいち説明する恥ずかしさといったら、もう、消えてなくなりたいくらいだった。それも自分が出版業界ではそれなりの有名人ならまだしも、まったくの無名の下請けなんだからなおさらだ。編集者やライターの方々には「え、内澤さんが⁇」とあからさまにおどろかれた。まあ当然の反応だろう。

それに撮影クルーは完全な分業体制をとっていた。私と直接連絡するのはアシスタントディレクターの仕事だ。実際にディレクターとインタビューで話して伝えたと思ったニュアンスを踏まえて、つぎにこれを撮るのかどうかというように話をすすめたくてもすべて分断される。

集団でモノを作るとはそういうものなのかもしれないが、私にとってははじめてのことで、いまいち話の通じない、そして気の毒にもなんの決裁権もないアシスタントディレクターに今後の予定を提案していくのは非常に消耗した。取材対象が会社の社長や芸能人ならば、広報やマネージャーがかならず窓口になってくれるのだからいい。

しかし個人営業の場合はなにもかも個人でやらねばならない。本の販売促進にもなるのだからすこしは版元に手伝ってほしかった。が、売れてる作家じゃないからなのか、人望がそもそもないからなのか、だれも手伝ってくれない。全部自分がやらねばならない。イライラするとのぼせの発作が頻発する。またそれを撮ろうとカメラが向けられる。

自分の顔にカメラが向けられるのも、自分について語るのも、何もかも嫌で嫌でしかたがない。しかし、仕事がなくてまた残金千円で年越ししなければならない生活を続行するのは、半病人の現在では嫌の範疇を超えて無理だ。撮影に協力するしかない。

あまりにもむかむかするので「(自分が)さっさと死ねばいい」などとみんなが困ることをどんどん言ってみたらたのしくてとまらなくなった。どうやっても美談にならないので中止になりましたと藤原さんが音をあげればいいのにと半分本気で思っていた。ところが現場に来ない藤原さんからは、撮った分を見ましたが、非常におもしろいですという電話が定期的にかかってくる。なにがおもしいいんだか不思議でしかたなかったけれども、とりあえず撮られているときに自分がおもしろければもういいやと考えるのをやめた。

ストレス一杯な話はそれくらいにして、本題である。全国ネットのテレビ番組なのである。中年がスッピンで出るわけにいかない。万が一放映されたら、日ごろから口紅くらい塗りなさいが口癖の母親がカンカンに怒るのが手に取るようにわかる。

……面倒くさい。取材に行くときくらいしか口紅なんてつけないのに。ああ面倒くさい。皮が剝けるのに。すぐに痒くなるのに。でもたしかに私の唇は血色が大変悪い。ちなみに目の下には青いクマが住みついている。つねにプールから上がったような顔だ。本当にプールに入った日には、そのままゾンビ映画に出演できるくらいには青黒くなる。そんな亡霊顔をブラウン管にさらすのは自分だって嫌だ。

ちなみに口紅を塗った自分の顔が嫌いというわけではない。痒くなってぼろぼろに皮が剝けるのが嫌なだけなのだ。しかたないと、無印良品の無香料のリップペンシルを買い、つけるようにした。撮影期間は全部で三ヵ月、六十時間にも及んだので、結果として私は生涯においてはじめて口紅（リップペンシルなので厳密には口紅とは言えないのかもしれないが）を使い切ることとなった。

そうなのだ。痒くならなかったのだ。これまでたまに小金ができたときに気まぐれに自然派無添加の口紅を買っても、絶対なにかしらの皮膚トラブルがあって最後まで使い切ることなんてなかったのに。安物なのに。

女としてのレベルがゼロを振り切っている話ばかりでうんざりだろうが、リップペンシルを削っていて最後に白い芯が出てきたときには、この歳にしてようやく女の仲間入りを果たしたようで、感慨深かった。

さらに撮影が進んだある日、番組の冒頭に使うスチール写真を撮りたいのだがだれか指名したいカメラマンはいますかと聞かれた。すぐに写真家の神蔵美子《かみくらよしこ》さんが浮かんだ。数年前、場違いなパーティー会場で石になっていた私にとても優しくしてくださって以来、たまにしか会わないけれど姉のように慕っている希少な同業者の先輩なのだった。お電話すると快諾してくださった。

当日自宅にいらした神蔵さんは私の顔を見たとたん、

「テレビに出るのになにやってんのっ」と怒りだした。

神蔵さんにとって初対面がパーティーだったため、フルメイクだ

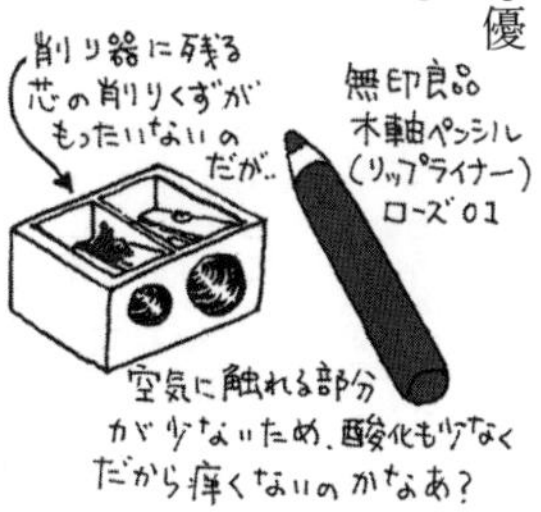

った印象が強いのだろう。あれは美容院でやってもらって、帰宅してすぐに痒くなって落としたのですが、先輩……。

「んもーあたしの化粧品貸してあげるからなにか塗りなさい！」と鞄からいろいろ出して並べだした。はーいと、適当につけた。

「ほら全然違う。アイラインも入れて。旬子さんはちゃんと綺麗なんだから。それにもう四十なんだし、ちゃんとしないとダメよ」

これを母親に言われるとひたすらうんざりするだけなのだが、神蔵さんの女性らしい魅力にあふれた声で言われると素直にそう思えてしまう。言われたとおり、その後すこしずつメイク用品を買って試してみたら、あれ？　全然痒くない!!

どうなっちゃったんだ一体!!　しかも本格的なアトピーが治まってからでも毎年かならず唇が腫れるシーズンがあって、抗アレルギー剤は手放せなかったのに、今年はそれもなかったなあ……。

痒くならないとわかれば、メイクはたのしい。もともと嫌いなわけじゃなかったのだから。ただしアイメイクはこれまでほとんど施したことがなかったので、加減をつかむのにはすこし時間がかかった。塗りすぎると怖い人になってしまうし、流行の色が自分の肌色に似合うとも限らない。それに服と一緒で似合う色味だと思っても実際につけてみないことにはわからない。肌になじんでも服装から浮いては困る。なにもかもある程度失敗して修練を積まないとうまいバランスがつかめないのだ。

　何度挑戦してもまつ毛とまつ毛の生え際の隙間にアイラインを入れていくことはいまだにできないでいる。雑誌を見るとほとんど粘膜に墨を入れているのだが、怖くてできない。あれだけはひたすら凄いと思う。

　そんなふうにして、メイクをするのが日常になって、三年後の今では酔っ払って化粧を落とさずにそのまま寝ても大丈夫になってしまった。朝起きて洗面所でパンダ目になった自分の顔を見てしみじみと痒くない幸せをかみしめている。

　しかし化粧は、やってみるとおもしろいがやっかいな代物でもある。ひとたび化粧した顔を見せた相手には、化粧をした顔がデフォルトになってしまうからだ。どうも私の顔は化粧をするとしないでは相当な落差があるらしい。でもしたくない日だってあるし、したくたって調子が悪くてできない日もかならずある。そういうときに無理やりするものではないと思うのだが、会うたびに今日は化粧してるんだとか、ちゃんと化粧しろよなどと男性に言われると、じゃあおまえ、毎日してみやがれと、回し蹴りを腹に打ち込みたくなるくらいむかついてしまうのであった。

安眠を求めて筋肉がつく不思議

過酷な撮影につきあっていてメイクができるようになったことのほかに、もう一点おどろいたことがある。単純に体力がついたことだ。アトピーが治ったのはさまざまな原因が組み合わさってのことだろうが、体力は確実にヨガを続けていたためだ。

ある日撮影スタッフを連れて取材先に行くとき、ちょっと遅れ気味だったので走ったら、息切れせずに新宿の大きな交差点を走り切ってしまったのだ。若いディレクターが「走るの速いっすね」とびっくりしている。

あれ？　こんなに走れたことなんて、高校の体育の授業以来かなあ。息も切れていない。海外で飛行機の時間に間に合わず、リュック背負って気合で走ることはあったけど、走った後はヒイヒイに息が上がってチアノーゼ寸前状態になったものだ。日本で走ろうなどと思ったことすらない。歩くだけでダルかったのだから。思い切り走った後が気持ちいいなんて感覚、小学生以来ではないだろうか。

いくら全身筋肉痛になるようなヨガをやっているからとて、所詮小さなマットの上でやることなのだと、心のどこかで思っていた。ランニングをしたわけでもないし、筋トレのマシンを使うわけでもない。自分の身体の重心をあちこちに移して伸ばして呼吸しているだけなのだ。呼吸とともにすこしずつ開いていけば身体が柔らかくなるかもとは思ったけれど、走ったりできるようになるなんて、これっぽっちも期待していなかった。

ちなみにそれから一年後には、急勾配で有名な市ヶ谷の左内坂を歩いていて、息切れなくすたすた上りきってしまった。これにも愕然とした。坂上には三十代の八年間ずっとお世話になった編集部があり、よくこの坂を上っていたのだが、当時は途中で休みを入れないと上まで歩ききれなかったのだ。なんとか苦しまずに上れないかとジグザグに歩いてみたりしたが結局途中で力尽きた。よく編集部の人たちとロープウェイがほしいと愚痴をこぼし合ったものだった。

一緒に歩いていて完全に息が上がった若い友人に目をやり、にやりとほくそ笑んだ。ああ、これじゃまるで運動自慢が身上の私の両親と同じではないか。父は七十歳を越しても毎日二千メートル泳ぎ、母は太極拳の講師をしていて、私が子どものときから現在にいたるまで一貫してずっと私になにか運動をしなさいと言いつづけてきた。それが嫌でたまらなかった。

運動神経も反射神経もリズム感もなにひとつなく、筋力も皆無であった私は、それでもたまにはこれではいけない、なにか運動しようと思うのだが、なにをやっても手ごたえの欠片《かけら》すら得られず、どうしようもなくダメな気分を増幅してしまってきたのだった。ひねくれて健康なんて信仰みたいなものと敬遠していたのに。それがこうしてヨガを続けているだけでも信じられないのに、身体に明らかな効果をもたらすようになるとは。

どうやら自分の身体は、思ったよりもずっと大きく変わりつつあるらしい。気がついたら腹筋が縦に割れている。これって、き、筋肉……？　運動大嫌いで、腕立て伏せも一回もできないまま四十年生きてきたのに、今更でも筋肉というものは、ついてくれるものなのか？

筋肉がわずかにでも外からわかるようについてくれたのは、これまでたった二回だけだ。大学生の夏休みに大学のセミナーハウスで泊まり込みのアルバイトをして宿泊者の食事づくりとベッドメイクをやり続けたときと、二十代後半で取材のためヒマラヤを十日間くらいトレッキングしたときだ。体力がない割に気力だけで無謀なことをやるのは得意なのだ。

前者は腕に筋肉らしきものがつき、後者は膝を少々痛めたけれど、ふくらはぎがパリッとしたシシャモのようになった。どちらも自宅に戻って平常の生活になってすぐに綺麗さっぱりと春の雪のように消え失せた。

春の雪といえば三島由紀夫は三十歳ごろからボディビルをはじめたという。それが身体に筋肉をつける限界の年齢なのだと、高校の国語教師から教わった。おそらくボディビルを趣味にしている先生だったのだろう。若いうちにある程度筋肉をパンプアップさせておかないと、歳を取ってから筋肉をつけようとしても、なかなかうまくつかないので、三島の肉体の形はどこか不自然なのだとも言っていた。

　これを真に受けたわけではないが、なんの運動もしないまま四十を越したんだから、なにをやってももうダメなのだと思っていた。そりゃまあかっこいい筋肉ではないのだろうけれど、筋肉がつくだけですごいよ。しかもそれで身体が楽になるんだから言うことなしだ。もうぜひともついてくれ。

　誤解のないように言えば、筋肉といっても微々たるものでしかない。ヨガDVDのインストラクター曰《いわ》く、ヨガの場合は流派の違いもあるが、自分の身体を支えられるくらいの筋力をつけることを目標としているらしい。たしかにバーベルも機械も使わないでひとりでマットの上でやれることは限りがある。エクササイズのように反復運動を繰り返すこともしない。身体のわずかな部分にだけ体重を集中させて倒れないようバランスをとりながら呼吸するくらいなのだ。やってみると相当キツくて、はじめのころは生まれたての仔牛のようにガタガタ震えていた。けれどもポーズをとってじっとしているだけなので、見た目に激しい運動をしているようにはまったく見えないし、自分でも筋肉をつけている、という感覚はまるでなかった。

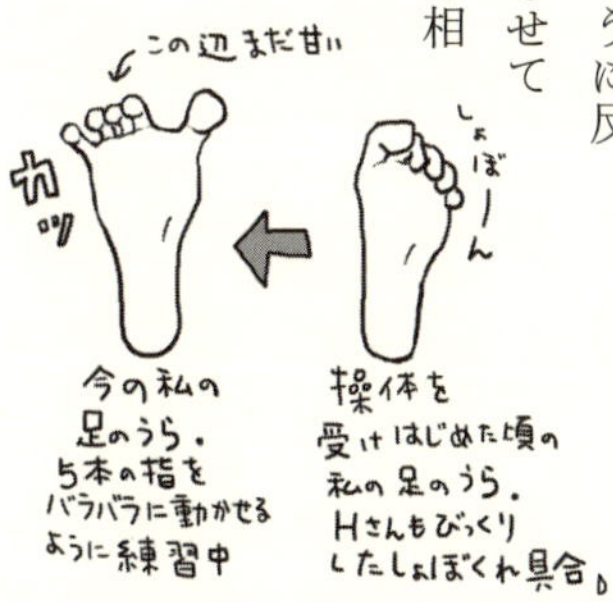

しかし元が果てしなくゼロに近かったのだから、ちょっとした変化が奇跡が起きたくらい嬉しい。たとえば海外取材の際の機内手荷物。仕事の資料と機器類を持ち込むのでとても重く、席の上の棚に持ち上げることができなかった。振り回すようにして頭上にあげ、ギシギシと肘関節の軟骨にバッグの重みがダイレクトにかかるのを感じながら無理やり肘を伸ばして棚にひっかけ、押し込むという具合だった。

そのままではいつか関節を悪くしただろう。それが腕の筋肉が働いてくれるようになった。老人並みでお恥ずかしいが、靴を履いたり脱いだりするのも楽にできるようになった。これまでは片足でバランスをとりながら立つことや、深く前屈することもできなかったから、いつもよたよたしていたのだ。身体が柔らかくなって、最低限の筋肉がつけば、優美とはいかずともみっともなくならないよう、細部に気を配った動きができるのだということを、靴を脱ぐたびに思い知らされた。

Ⅳ 乳腺全摘出、そして乳房再建

ホルモン療法ギブアップ宣言

元気になるとともに、不思議なことにだんだん仕事が来るようになった。テレビ番組にでたことも大きかったのだろう。番組はとてもおもしろい仕上がりとなり、視聴率も悪くなかったようだ。出版した本もノンフィクションで単価二千円を超える割にはまあ売れてくれた。引っ越しをしたおかげで、すっきりした環境で仕事ができるようになった。なにより本の積みあがっていない場所で寝ることができるのが快適だ。

気持ちが悪くなるくらい周囲の態度が変わった。祝福してくれてるのだろうけれど、どうしていいかわからなくなった。元気に動くようになった身体といい、まるで別人のような人生がはじまってしまったことに、戸惑うばかりだった。

しかし、いまだガタガタに削れた双方の乳房に残る乳腺には癌の芽が全体に数え切れないほど散在し、ホルモン療法による副作用の聴覚障害とのぼせは日に日にひどくなっていくのである。これればかりはヨガをやっても効かない。

身体は元気であってもうるさい場所には行くことができなくなり、居酒屋などたくさんの人が同時に話をしているところでの聞きとりができなくなってきて、苦痛で吐き気がこみ上げて来る。自転車のブレーキ音はいよいよつらくなり、駅前の坂道を歩くたび、キイキイいわせながら降りていく人を横から蹴り倒したくなる衝動をこらえるのに難儀した。トークショーや講演に呼んでいただく機会もできたが、マイクのハウリング音が怖い。

このままホルモン療法を続け、ノルバデックスを飲み続けるのは無理だ。ギブアップしよう。超音波をかけて癌が活動を起こさないかどうかチェックするために訪れた主治医に、

「もうノルバデックスを飲むのはつらいので、やめたいです」と言った。

主治医はノルバデックスが効いて癌の芽が大きく育たないうちに残りも全部切って乳房再建してしまおうと常々おっしゃっていたので、話は当然、乳腺全摘出となる。

ゼンテキ、かあ。うううん。ま、乳房は両方ともすでに原形をとどめていないわけだし、傷口もケロイド状になってるわけだし、もともと美乳でも豊乳だったわけでもないし、なあ。こんなもんが全部削れることに関しては、まあそんなにひどい抵抗感があるわけではない。今のところは。第一、抵抗感があるならはじめからザクザク切らずに温存の道を探すべきだったし。

抵抗感があるとすれば、癌細胞が乳管を通して乳首にまで至っていた場合だ。そのときは乳首をとることになる。ゼンテキのタイミングが遅れて乳管に癌細胞が進出してしまうと、

まさにのっぺらぼうになるのだ。

しかも乳管への進出は外からの検査だけではわからないから、結局開いて術中迅速病理診断にかけてからの判断となる。乳首を残すつもりでゼンテキしても、目が覚めたらのっぺらぼうという、哀しい結果になることもありうる。これはさすがの自分でもキッイかもしれないなあ。そんなことになる前にとったほうがいいのかなあ。

とはいえ、一方でそもそもこれホントにとるほどの癌だったのかという疑問も、実はあるといえばあった。なにしろ粘液の塊は一回きれいに消えたこともあるのだから。当時は貧困と疲労ゆえにあまりにもヤケクソだったので、なんの迷いもなくザクザク切ってしまったけれど、身体が元気になって、仕事も多少順調に回るようになって些少でも小金ができてみると、割り切ったつもりでも迷いがでるものだ。

なんともさもしい。ひょっとしたら切らずに済ませる方法もあったのかもしれないと、思えてくるのだ。かくなるうえは、今更なのかもしれないけれど、セカンドオピニオンをとるか。

主治医の先生に恐る恐る相談すると、そうしなさいと、あっさりカルテを出してくださった。ありがたい。これをもってさあどこに行くか。ああ面倒くさいと思いつつ、ネットで調べてみて、二つの病院に的を絞った。しかしすごいのは価格である。セカンドオピニオンには保険が適用されないのだ。病院によって異なるがある病院では三十分までで三万千五百円、あと三十分延長ごとに一万五百円追加となる。うううう。さいですか。

まあしかたがない。日ごろ主治医の先生にはものすごく長々と丁寧に説明していただいても薬の処方も検査もないと、その日の診療代が五百円以下というときもあり、これはいくらなんでも安すぎると思っていたのである。私は貧乏人だがこれでもなんでも安けりゃいいとは思っちゃいないのだ。

薬よりもなによりもきちんと納得、安心できるまでの説明が患者には必要なのに、それが医師の労働対価として反映されていないのはあまりにも悲しい。医師のだれもが患者に対して納得のいく説明をするためにも、もうすこしお金をとってほしいとは思う。しかしセカンドオピニオンの値段は、ちときつい。

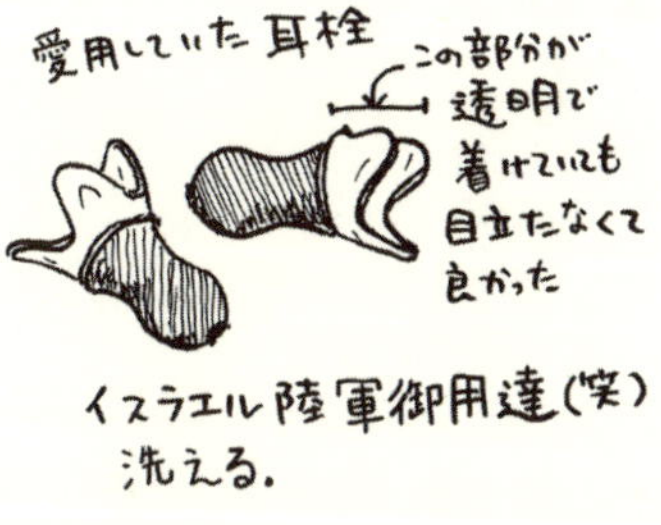
愛用していた耳栓
この部分が透明で着けていても目立たなくて良かった
イスラエル陸軍御用達(笑)
洗える。

煮えろ!!　ゼンテキ決定前夜祭

最初に訪れたのは、一番はじめに胸のしこりを発見して駆けこんだ病院だった。胡桃大のしこり自体は癌細胞がだした粘液の塊だったため、マンモグラフィー検査では白いちいさな点々以外なにも映らなかった。「一応半年後に来てください」と言う医師の表情も、どうでもよさそうなというと失礼かもしれないが、あきらかに癌という獲物を見つけた熱のこもった目ではなかった。

「そりゃ、あそこはほかの医者からも見放された末期の患者とかがたくさんくるんだから。ここだけの話だけど、早い対応は末期患者を優先するんだよ。前癌症状かもしれない、くらいの患者は一番後回しに決まってるさ」

その後二〇〇五年に最初の切除手術をしたあとで、知り合いの医療関係者に当時の話をしたところ、にべもなくばさりと言われた。真偽のほどはわからない。どちらにせよ半年経つうちにしこりは綺麗さっぱり消え失せたため、また来いと言われていたのに行かなかったのは私だ。延々と待たされた末に精神的にも肉体的にもくたくたになるマンモグラフィー検査を受けさせられた上に、「このくらいで来られても」的な空気に満ちた対応にもめげずに通院するべきだったのだ。結局のところ自分の身体は自分しか気遣えない。

その後、この病院の患者動線が格段によくなったとなにかの記事で読んだが、待ち時間は変わらず長大なままであった。ただし受付で呼び出し器を配布されるので診察室の真ん前で待つ必要はない。院内ならカフェにいても一向にかまわない。これはずいぶん助かった。

待ち時間の合間に隣に座っていた八十歳近い女性と話をする。十数年前に初期の乳癌と言われ、片方の乳房を全切除していた。はじめは近所の病院で診てもらっていたのだが、癌だとわかった途端に息子さんがここの病院の先生を探してきて、半ば強引に転院させられたのだという。素晴らしい名医の先生についてもらったんだと嬉しそうに誇らしそうに語る。

年配患者には本当に執刀医を崇拝する方が多い。いやもちろん私とて執刀医の先生には本当に感謝しているし、信頼も寄せている。が、崇拝はしない。治療方針には納得したいし、質問や疑問はちゃんとぶつけたいから、ある程度対等に話ができる関係にしておきたいのだ。

ただし主導権を完全に掌握したいかというと、そうでもない。これだけの治療方法があり、それぞれのメリットとデメリットはこれこれで私はこれを推奨しますが決めるのは患者であるあなたです、という言い方をする先生もいらっしゃる。が、そう言われると自分の病気をトコトン調べなければならなくなる。医学の基礎知識もないのに最新論文まで読んで勉強する熱意や根性があるかと言われれば、まるでないのだ、私には。

命がかかってるのにたわけたことをと憤慨される方もいらっしゃるだろうが、本人でなく身内が情報収集している場合も多い。癌を抱えた張本人が癌の話を読むのは本当にきついのだ。三十年前に祖父が癌になったときには、興味をもっていろいろ読んだものだったが。

治療だけでかなり疲れるのだから、これ以上ナチュラルキラー（NK）細胞を減らすことをしてたまるか。せいぜいこういう方針でいきたいんで、その方向のなかで効果的と思われる治療をお任せします、一応考えられる危険性や問題は把握したいので教えてください、ぐらいが関の山だ。

その女性は執刀医に全幅の崇拝と感謝を寄せていることを語った後で、服越しに自分のないほうの胸に手を当てて、切除した乳房のことを話し出した。

歳も歳だったし、再建手術はどうだったかしら。ブラジャーにいれるパッドなんかは勧められたよ。けど、なんだか嫌でなにも入れずにきたの。あたし胸が大きいから、ブラジャーが回っちゃったりしてすごく不便で嫌だったよ。しょうがないけど。そしてふと黙り、それでも、と言葉を継ぐ。

全部とる必要が本当にあったのか、切らなくても助かっていたんじゃないのかって、今でも、今でも時々ふと思うよ。……でもそれを考え出したら止まらないからね。

じっと私の顔を見つめる彼女は、笑顔と呼ぶにはあまりにも厳しく醒めた微笑を浮かべていた。こういうことは、息子に言っても命が助かっただけでありがたいじゃないかって言われてしまうしね、と。

乳腺を削りとったことを、それまでじっくり考えることはなかった。左腕の痛みや痺れ、胸の縫い傷の痒みが早くとれること、残っている癌がいつ大きくなるのか、のぼせや耳鳴りがひどくなる中でどうやって仕事をするのか、生活できるのか、今後の治療費をどうするのか、それだけで頭がいっぱいだったのだ。

胸の形がガタガタに削れたことへの感傷に浸る暇はあまりなかったし、ガタガタのザクザクのだれもが目をそむけるような身体になったところで、近いうち死ぬかもしれないんだからどうでもいいんじゃね？　と思うくらいにはささくれていた。

もし、このまま生きて、いずれ再発するかもしれなくても、五年や十年単位で、健康な人たちの中に還って税金を払うくらい仕事をして、出産の可能性は限りなく低いにせよ、友人と遊んだりし、好きな服を着たりしながら暮らしていくとしたら。

とってしまった乳房のことを、ずっと彼女のように、だれにも言わないまま、言えないまま、惜しみつづけていくんだろうか。切らずにいられたのではないか、切る必要のないものを切り捨ててしまったのではないかと。

それは、ひょっとして、結構、うっとうしくないか？

大学時代の友人Ｓは、二十年も癌患者をやっていて数年前に体内の癌細胞がすべて消失した状態となり、治療が一段落した。彼はよく「すぐに死ぬことがわかっているんなら、何も考えなくてすむから簡単なんだけど、半病人のまんま下手に長生きするのが一番始末に負えないんだ」とぼやいていた。病気をする前は夜中の土木工事アルバイトに明け暮れてインドに貧乏旅行にでかけたりと、体力だけはありあまっているというタイプだった。

それが大手企業に就職が決まり、その健康診断でひっかかった。内定は取り消された。二十年間で十数回転移し、そのたびに入院して治療をするうち、輸血によってＣ型肝炎にも罹っている。体力が落ちたことや入院が頻繁だったこともあるのだろう、ずっとフルタイムで働くことが叶わなかった。その期間があまりにも長くて、彼は常に仕事に苦労していたように思う。

まさに今になって、彼の言葉が身にしみる。働き盛りの半病人は治療の合間に、必死になってどのようにしのいでいったらいいのかを考えねばならないのだ。乳腺を全部とって、ホルモン療法をやめれば、副作用はなくなる。元気な身体にさらに一歩近づけるだろう。ヨガをきちんと続けていけば、皮肉なことにおそらくここ十五年で一番元気な状態になるのかもしれない。元気になれば、生活にどんどん欲が出る。すでに腰痛とアトピーが治り、仕事が増えたことで、これまでよりも小綺麗な服を買い、化粧もするようになりつつある。

　下手したら長生きするかもしれない。その長い年月、自分はガタガタに削れた胸を見るたびに、元気に働けるだけでありがたいと納得することが本当にできるだろうか。そんな殊勝なタマか、自分。

　ぼんやり考えていて呼び出し音で我に返った。いやいやいや、今はそもそも全摘出以外の方法があるかどうかを検討するのだった。慌てて立ちあがって、指定された番号のついたドアをあけた。

　医師の説明は非常に疲弊するものとなった。切除した際の細胞片プレパラートがなければ判断のしようがない、というのだ。つまりは、それをそろえて持って来いというわけだ。必要なものをそろえていただけますかとかかりつけの病院に頼んでカルテとマンモグラフィー検査の撮影フィルムを出していただいたので、それで十分なのかと思ったらそうでないという。

　セカンドオピニオンは推奨されているとはいえ、すくなくとも当時の私にはやっぱり例外的な行為のような圧力は感じた。当然の行いというスムーズさはない。担当医と揉める可能性があるからなんだろうか。だれもが忙しい中を右往左往頭を下げて、わがまま言ってすみませんという感じだった。しつこく確認などとてもできなかった。

ま、それでも万全な準備をしなかった私が悪いことに変わりはない。ダメならしかたがない。わかりました、ではそれを借りてきて出直しますと言いかけるのだが、医師はどういうつもりなのかわからないが、ものすごく丁寧になぜその細胞片が必要なのかを説明しだしたのだ。カルテを見て私の身体の状況がこうだからという説明ではない。乱暴に言えば採取細胞片がいかに判断の決め手になるのかという一般論なのだった。

これには本当に参った。三十分を超過したのだ。患者の経済状況など知ったこっちゃないのかもしれないが、こっちにとっては三万千五百円で済むところが四万二千円ぶっ飛びつつあるのだ。それも無駄に。しかももう一度同じ料金を払わねばならないのがわかっているから余計に頭は煮える。

そのときには延長をお願いしてでも話をよく聞きたい可能性が高いし。てことは合計八万四千円てことですか？　立ちっぱなし八時間アルバイトで十二日働かないと貰えない金額ですよ？　目の奥が痛くなってきて何度も何度もよくわかりました、と先生の話を遮ったのだが止まらない。申し訳ないが、わざとやってるんじゃないのかと、襟首つかんでくってかかりそうになるのをこらえるのに必死だった。ああ、またNK細胞が大量に死んでいったな。お金を気にしないで治療に専念できたらどんなに楽だろう。なんて、せんないことを思いつつ、帰路についた。

かかりつけの病院に戻って細胞片プレパラートが必要なんだそうですと伝えると先生は、「あ、それは悪かったなあ」とすぐに出して下さった。ホントに悪気があるわけではなく、みなさん忙しすぎるだけなのだ。改めて細胞片を提出して病理検査にかけてもらい（検査は別料金である）、結果を聞きに行った。結論はただ一言で済んだ。延長の必要もなかった。

まごうかたなく疑いようもなく悪性腫瘍だと。

はあ。で？　と言いかけたが、とるほどのもんじゃないのではという疑問は打ち消されたんだから、もうよしとしよう。とるほどのものではあるのだ。力が抜けた。それでも温存する方法もあるのかもしれないが、二度も切ってガタガタになった胸を母乳をやる予定も願望もないのに温存する意味が果たしてどれくらいあるのかということだ。温存する方法を考えるなら一番はじめに切る前に考えるべきだった。しかしはじめに切っちゃったものはとり返しようもない。いいじゃん、もう。再び別の病院にセカンドオピニオンを取りに行く気などもはや霧散していた。

晴れてゼンテキ決定!!

しかし安穏としてはいられない。お次の懸案、乳房再建問題がある。ああー面倒くさくて頭が煮える。

ケンケンガクガク乳房再建

そもそも自分と乳房の関係なんて、考えたくもない課題なのであった。マンモグラフィーに挟むのが大変なくらいの貧乳なのである。思春期には相当なコンプレックスがあったがさすがに今も同じように悩んでいるかといえばそうではない。

嫌いというほどのこともなく、愛着だってそれなりにあった。それに体型のコンプレックスを並べたら上半身だけ痩せすぎにO脚にと数えきれない。体型のせいで着る服を選ばねばならなかったのは事実だが、それとて体型よりも腰痛という枷の方がよっぽど大きかった。

体型のせいでモテないのではという疑念もあるにはあったが、好きな男とひとりでもつきあえばさほど気にならなくなるくらいのものでしかなかったし、そんなものは蓼《たで》食う虫を探すコツを掴むことの方が断然有効なのだ。それにこれまた自分の狷介《けんかい》な性質の方がよほど人づきあいに影響していることもよくわかっているのであった。

乳癌になって乳腺をとることにならなければ、絶対確実に死ぬまで貧相な乳房のままだったろう。豊胸手術を受けたいと思ったこともない。

ならば全摘して削れたままでもまったく構わないくらい諦め割り切れているのかというと、そうでもないところがなんともやっかいなのだった。どうでもいい、切りっぱなしで結構、と思って切ったのに、これからの余生が長そうだと思うとゆらゆらもやもやと欲がたち昇る。蓋をして沈静化させてきた自分の中のコンプレックスの泥沼を四十になって再び開けるのか。世間じゃ不惑と言われる歳なのに。勘弁してほしいが、逃げられる状況ではない。ガタガタに削れた胸を前に、「手術をもう一度してまで」「身体に異物を入れてまで」「お金をかけてまで」本当に綺麗な胸を手に入れたいのかを考えねばならない。

情けないことに他人の目線が気になる。

まず配偶者に聞いてみると、私の好きなようにすればいいとのこと。当の女性自身が持てあましているというのに、男性が関わるには難しすぎる問題だ。そもそも癌の治療に関しても情報を集めてくれるわけでもなく（私以上にキツかったのだろう）、経済支援もなかったのだから、再建問題などもはや三途の川の向こうくらい遠いことだろう。善意で言っているということは理解はできる。まあそれ以上言いようもないだろうし。こちらとてなにかを期待して聞いたわけでもない。一応の礼儀として聞いただけのことだ。

次に意見を聞いた七十代である両親にとっては整形手術へのハードルは非常に高く、遠慮して口に出さずとも「結婚しているんだし」「身体に異物を入れてまで」という否定的な態度がありありと見てとれる。

　では同世代の女性はどうかというと、既婚未婚はあまり関係なく、「そりゃするべき」と即答する。何人かに聞いてみてわかったのは、乳房が豊かな人ほど乳房への自己愛が非常に強いということだ。

　彼女たちは胸は自分を形成する大切な一部分だという自覚をはっきりと持っている。まず乳房を切ることを想像することすら嫌で考えたくないという風情で、再建なんて迷う必要なく当たり前、なのである。あれだけ乳房愛が強ければ、まずはじめの切除の前に温存の可能性を全力を尽くして探ることだろう。

　一方の貧乳一派はというと、口をそろえて私の状況がうらやましいと言うのである。豊胸手術してみたいけど世間の視線を思うとできない。この際だれも非難できない言い訳を得たのだから大きくしちゃえばいいじゃんと言うのだ。もちろん私を気遣って励ます意味もあっての発言なのかもしれないけれど。ただ子どもがいる同級生からは自分ならこれくらいにするとサイズを明記するメールが来て、む、本気だなと思わされた。

「ウチザワさんがやりたいならやれば」という中立的な意見を言う女性はひとりもいなかった。そういう意見を言うのは全員男性なのだった。これはよくわかる。

「胸なんかどうでもぜんぜんセックスできますよ」と主張する若者もいた。それも多分に気遣ってくださってのこととはいえ、もちろんそういう問題も無きにしも非ずなのであるが、違うのだ。なにも私が今更力説せずとも自明のことだが、乳房はセックスと出産のためだけにあるわけではない。

ああ、こんなことをよりによって自分が考えたり主張する日が来るとは、思ってもみなかった。まるで柄じゃない。どちらかといえばそんなものとは無縁に生きてきたし、これからもずっと無縁でありたかった。

しかし乳癌は日ごろ女性性とはなにかをきっちり考え向き合って暮らす女性を選んで襲ってくれるわけじゃない。生活習慣、ストレス、性格、いろいろあるとはいえ、結局のところ病はすべての人のなかから無作為に無秩序に、つまりは罹った人間にとってはまるで不条理にとりつく。

どんなに生活に気を使ったところで罹るときは罹る。そのときにこんな生活をしていたからと悔いたところでなんの足しにもならないし、柄じゃないからと、逃げ出すわけにもいかない。

ところで先ほどの問いは、お金の問題は抜きにしてのことだ。実はこの問題も無視できない。美容整形外科で乳房再建手術をしようとすると、保険適用外となり、片胸およそ百万円かかる。私の場合は両方なので二百万だ。私が聞いた範囲でしかないけれど、大きな胸の人ほど払う代償の多寡は問わず、という意気込みを持っているように思えた。しかしこれから大学まで出さなきゃならない育ち盛りの子どもがいたり、経済状況が芳しくない人にとっては、この金額は絶妙に痛い。

いっそ一千万とか五千万とか言われるなら考えるまでもなく諦められるのに。大抵の人にとって無理をすれば工面できなくはないとはいえ、相当な無理を強いられるという魔の金額設定。よく考えたな、美容整形外科医めえ。

私とて例外ではない。多少仕事が増えてきているとはいえ、自分プチバブルが今後はじけてまた仕事がなくなることは大いにありうる。本の山から逃げるだけでなく、仕事がないときに家賃に苦しめられたくないこともあって中古マンションを買ったばかりだというのに、二百万なんて金額、捻出できるわけがない。そんなお金があったら書きたい本の取材経費に使いたいし、それよりなにより今後また癌になったときのための治療費をプールしなければならないし。

しかしここにもうひとつ、けちで貧乏な私を惑わせる要素があった。二〇〇六年から乳癌患者の乳房再建形成手術において自己組織を用いた場合は保険適用になっていたのだ。保険適用ってことは、高額医療費免除なども受けられるのだ。桁が一つ変わるとなると揺らぐ女心。いやもうホントに金次第で変わる自分に笑ってしまう。あさましいっちゃあさましいが、綺麗事では進まない。

自己組織を用いる乳房再建とは、ひらたくいえば、腹部などの筋肉と脂肪と皮膚をとって乳房を作ることだ。ただ私の身体にはそれに耐える脂肪の貯えはないといわれた。一瞬ドカ食いして腹を出そうかと思ったが、時間もかかるだろうし、下腹に傷をつけると排便時のいきみなどが不便になると担当医から聞いて、諦めた。どうしても腹を切らねばならないならしかたないが、そういうわけでもないのにそれこそ長くなるかもしれない余生をずっといきむたびにひきつれを感じるのは御免だ。

となると手っ取り早いのはインプラント、つまりシリコンパッドを入れるということになる。本来ならば保険適用外の手術であるが、この病院では保険適用の価格でやってくださるとのことだった。ただしシリコンパッドの実費はそのままでとのこと。

いつ再建するのかというのも問題だ。乳腺切除と同時に再建する方法もあるという。しかしそのときに問題になるのは術中迅速病理診断の結果だけで再建手術をしてしまうリスクだ。乳腺をすべてとるとはいえ、今のところ乳首まではとらずにすむだろうとの予測だ。しかし乳腺と乳首をつなぐ乳管に癌細胞がまわっていたらとらなければならない。

術中に行われる迅速病理診断でその判断は可能とはいえ、術後の精密病理検査結果ほど正確な判断はできない。病理検査には約十日を要する。検査後に癌細胞が発見され、再手術となるケースもゼロではない。そのときにはまた切除手術をしてから再再建することになる。

個体差が大きいのかデータがないのか、外科医師はあまり問題にしないのだが、全身麻酔はかなり体力を消耗する。私の場合はほとんど寝たきりになるくらいのダメージだったのだ。寿命が十分の一縮まるという俗説まで聞いた。あまりにもつらかったから今回は入院前にぐっとヨガの回数をふやして筋力や持久力、肺活量をつけておこうと思っているくらいだ。

できれば手術回数を増やしたくない。けれども端折《はしょ》ったのが裏目にでて二度手間三度手間になることを考えるとなあ。それと同時再建手術となると外科医と形成外科医の連携が必要になるので、同じ病院内の形成外科が再建手術をするという流れになる。とりあえずこまかな段取りを聞きに行くことにした。

院内の形成外科の先生から聞かされた手術方法は、思ったよりもしんどいものだった。乳腺を切除した後にすぐに入れるのはシリコンパッドではなく、エキスパンダーと呼ばれる袋なのであった。原理としてはぺしゃんこのエキスパンダーを入れておいて、そこにすこしずつ生理用食塩水を注入していき、皮膚を伸ばしていくのだという。その間およそ六カ月。うわあ、六カ月もかかるの。その期間は頻繁に通院しなければならないんだろうし、生理用食塩水を入れる口をどう作るのかしらないけれど、炎症をおこしそうだし痒そうだし、風呂なども大変だろうなあ。海外取材も難しいだろう。そこまでして……とやる気ががっくり削げてきた。

乳房再建は時間をかけて皮膚をパンパンに伸ばしてからシリコンパッドと入れ替え手術をして完成となる。袋はその場になかったけれど、

「最近は丸型だけでなく、こんな形のものも出ています」

と見せてくださったシリコンパッドは乳房の形をしている。なるほどこういうものなのか。それで元の胸よりも大きくすることなどは可能だったりするんでしょうかとかなり遠慮がちに尋ねたところ、先生の顔は急に険しくなり、汚いもんでも見るような目になって、

「そういうことを望むのでしたら美容整形外科に行ってください」と言われた。

その後の説明を乱暴に解釈すると、乳房再建の一部が保険適用になってしまったからしかたなくやってるけど、こんな手術で膨れ上がる国家の医療費負担を更にあげること自体がおかしい、ということらしい。

この先生は乳房再建手術を担当しているとはいえ、本来は事故などでとれてしまった指を動くようにつなげるとか、そういう手術が専門なのだということをあとから知った。なるほど形成とひとことでいってもいろいろあるものだ。たしかに乳房がなくても日常生活に支障があるわけではない。事故で日常生活を送るのに不便な障害を抱える人に比べたらと言われればなにも言えない。先生のおっしゃることもよくわかる。

なにしろ国の医療費負担額はこの七年増加の一途をたどっていて、ただでさえ潰れるんじゃないかとささやかれている借金漬けの日本経済を圧迫している。そんなご時世におっぱい膨らませる手術に税金使ってられっかよと言われれば、さようでございますねと引き下がらざるを得ない。もっと切実に生きるか死ぬかの問題で医療費が自己負担になっているケースもたくさんあるだろうし。このままではいずれ自己負担に戻ることも十分ありうるとも言われた。

しかし現在乳癌に罹患する女性は一応増加傾向にある上、私のように非浸潤性の早期発見で見つかる場合、生存期間は思ったほど短くない。癌・即・死ではない。全体の数パーセントと少ないとはいえ三十代で罹ってしまうのと、七十歳で罹患するのとはどうにもこうにも趣が異なってしまうのだ。

しかも昨今「女現役」の限界年齢は恐ろしい速度で繰り上がりつつある。五十代の女性ファッション誌で女優の萬田久子はこれまで中高年女性には禁じ手に近かった膝頭が見えるミニスカートを素足で穿きこなし、三十九歳のカリスマモデル平子理沙に至ってはパンツが見えるくらいのマイクロミニスカートにピンクのブーツを履く。それだけでは飽き足らず(?)大変美しいセミヌードを披露した。どちらも女性読者から圧倒的な支持を集めた。

一昔前ならそれも芸能人だから綺麗なんだよね、で済んだ話が今はそれじゃ収まらない。

女性のだれもが若く綺麗に元気に見えるようにと彼女たちをお手本にするのが当たり前。

自分はといえばこういう流れに全面追随したいわけではなく、どちらかといえばうんざりしている。お願いだからだれか止めてくれ、だれか年相応の格好ってやつを教えてくれと頭を抱えるのである。では自分が率先して色気も洒落っ気も削ぎ落した存在になれるかというと、これがそうではないところが悩ましい。

さっさと山姥になりたいと思いながら、化粧ができるようになればやっぱり鏡を見るのがたのしいのだ。アトピーや腰痛が治ってみて、装うことや自分の身体や肌を手入れして慈しむことが、女の人生にとっていかに手放しがたい喜びなのかをようやく痛感した。愚かしいことと、笑い飛ばすことはとてもじゃないができそうにない。

そういう欲望は、求めはじめればきりがないのであろうが、ゼロにすることはもちろんできないし、一昔前の常識から変化していることを頭から否定することもできないところに来ている。あと十年、歳をとってから乳癌になるのならばまた違うのだろうけれど。いや、五十になったらなったであきらめがつくのかどうかも怪しいか。さもしいなと思うけれどもしかたがない。

話を戻す。世間全体のいわゆるそういう状況で、乳癌患者が綺麗な乳房を手に入れたいと思うことが、そんなに悪いことなのだろうか。

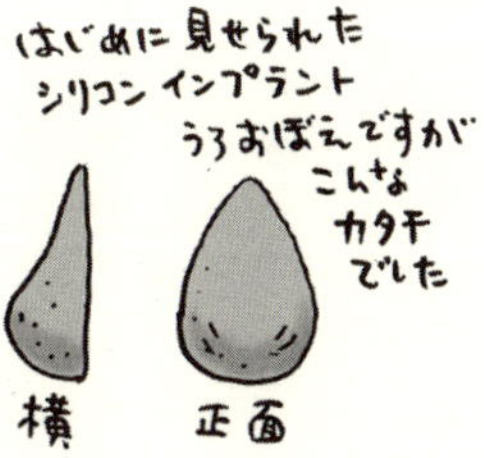
はじめに見せられた
シリコン インプラント
うろおぼえですが
こんな
カタチ
でした
横
正面

いやそれ以前にできるのかと聞いただけで巨乳にしたいとオーダーを出したわけでもないのだ。それなら健康時の大きさの乳房を忠実に再現するのが医療における形成、再建の定義であるとか、きちんとできる範囲のことを説明してくだされればいいのに。

それならそれで構わないのだから。それにこちらとて馬鹿じゃないんだから、乳房「再建」とはいえ、似て非なるものしかつかないであろうことは薄々わかっているのだ。

きちんと調べると落ち込みそうで怖いのであえて調べていないけれど、乳房を失って鬱になる可能性もある。全摘出手術を決める以前に、海外取材に行く際に時差ボケがあまりにもつらいので、睡眠薬を処方してもらえないかと超音波検診のときに担当医師に相談したら、あまりにも簡単にというか当然のようにくださったのでおどろいた。

鬱とまでいかずとも癌に罹患して不眠になるくらい悩むことは珍しいことではないようだ。罹患してから腐って眠りが浅かった時期もあるけれど、手術日を含めて睡眠薬が欲しいと思ったことは一度もない自分は、まだまだ軽いのかもしれない。

極論かもしれないが、あと二十五年は納税できる可能性もある労働者が乳癌で乳房をなくすことで鬱になって労働（もちろん家事出産と育児も含む）不可能となり生活保護を受けるよりは、乳房再建費用を控除対象にする方が国庫にとって安くつくと思うのだが。

手術で腕が痛くなって仕事を続けられる可能性が風前の灯《ともしび》になったり、収入が落ち込んで不安で眠りが浅くなったり、副作用に苦しんだりと、これでもそれなりに渋い思いをさせられたんだから、せめてあとどれくらいなのかも判然としない余生、たんなる慰めにすぎないものであるのは重々承知でも、自分の胸に目をやるたびに服を着るたびにしょんぼりする状況を、軽減できたらいいなと思っただけなのだ。しかしそれとて、腰痛とアトピーが治っていなければ再建など考えもせずに、えぐられっぱなしで結構と思っただろう。そのあたりがまたどうにも後ろめたい。

どうしても、命を賭しても乳房を再び、絶対美巨乳で、というガッツはもともとない。第一、そこまでのガッツがあったら借金してでもとっくに美容整形外科に行ってるさ。ああ交渉のいちいちが面倒くさいなあ。

迷った末に、担当医に院外でインプラントによる乳房再建手術の術例を多く持つ形成外科医を紹介していただくことにした。チェンジ、である。ただし院内の人間関係などもあるようで、一度断るとやっぱりあの先生にと戻ることはできないと言われた。しかたない。同時再建はできないということになる。しかしそれとてもともとリスクが気になっていたのだから良しとしよう。別の医師に話を聞いて似たような状況ならば、もうやめようかなー。

超繁忙期間にゼンテキ、再建……

しばらくして、担当医に紹介された病院に紹介状を持って行った。カルテを渡し、状況を説明すると、先生は開口一番、

「エキスパンダーを入れる必要はないです」

と言う。それは皮膚を大量に取り除いた患者の場合にする手術であって、私の場合はいきなりシリコンパッドを入れても大丈夫だ、そんなことは当たり前でしょうと鼻で笑う。いやあの当たり前と言われても私は形成外科医じゃないんですが。

続いた言葉が「インターネットでいろいろご覧になっているでしょうから説明は省きますが」である。いやそんなことないんで説明してくださいとお願いする。そもそもネットをざっとさらった情報でもはじめにエキスパンダーを入れる手術しか紹介されていなかったのだ。すでに先生の「常識」と食い違っている。

手術の流れとしては、乳腺全摘出手術の傷がある程度落ち着く数カ月を待って、シリコンパッドを入れる手術をする。手術費用はこの病院でも保険適用と同じ価格になるが、シリコ

ンパッド自体は、実費請求となり、一つ十万円程度になる。入院期間は一週間程度。切除した部分の傷や炎症が収まったら退院だ。

摘出手術で乳首も切除した場合には、乳首再生手術となるが、こちらではやっていないので、別のところを紹介する。シリコンパッドを入れる手術をしたあとにそちらにいってもらうとのこと。

乳首再生手術はようするに皮膚をつまんで折りたたむようにしてつくり、入れ墨で着色するようだった（そけい部の皮膚を移植する方法もある）。

シリコンパッドの大きさは身体のバランスを見て選ぶのでこちらに任せてほしい。現在ケロイド状になっている傷については、もう一回の手術でどうなるのかはわからないけれど、外科と形成外科とは傷の縫い方も違うので目立たなくなるはずです。そう言って、先生はパソコンに入ったこれまでの術例写真とシリコンをみせてくださった。おわん型だった。院内の形成外科で見せていただいた上部がたわみ、下部が膨らんでいる形と比べてでき上がりが幾分不自然になるような気がするが、この会社のものを使っていると言い切っておられるし、そこにはきっと選択の余地はないのだろう。

健康な女性が美容豊胸手術を受ける場合、乳腺と筋肉の間にシリコンパッドを入れる。いわば土台底上げだ。ところが乳腺を全部切除した乳癌患者の場合はそれができない。皮膚下にそのままシリコンパッドを入れると、シリコンパッドそのままの感触となってしまうとのことで、筋肉下にシリコンパッドを入れる。

こちとら皮膚の厚さも脂肪の厚さもどんなものだかわからない。牛や豚の生皮を剝ぐところは散々見てきて結構分厚いと思っていたのだが。それよりそんなことをして運動ができるのかどうか、それが心配だった。けれどもバーベル上げでもしないかぎり飛び出ることはないとのこと。自分が現在やっているヨガのポーズで腕立て伏せのような動きがあり、いずれできることなら腕だけで全体重を支えるポーズにも挑戦していきたいのだが、それくらいは心配ないとのこと。

シリコンパッドの寿命に関しては、確かなことはわからない。十年以上経てば硬化したり変質する可能性があるという。ただそれも過去のシリコンパッドのデータであり、材質は年々向上しているから、もっと長時間変質しない可能性もあるようだ。なるほど。十年後に自分が生きている気はまるでしないのであるが、万が一生きていたら考えよう。

千に一つでもお金があって、幹細胞から乳腺細胞か脂肪を作る技術が定着していたら、移植してもらうのも一興かもしれないし、そのころには山小屋に隠遁《いんとん》していて、お洒落にもなんの執着もなくなって硬化したシリコンをとるだけでいいやとなるかもしれないし。それすらどうでもいいと思うかもしれないし。いずれにせよ十年後のケアに保険適用の可能性は限りなく低そうだから、自己負担だろう。癌保険に入っている場合だって、そこまで保障してくれるかどうか。

手術のあとで運動ができることも安心したが、なによりエキスパンダーを入れずに済むことが嬉しかった。

金銭面でのプレッシャーもあったが、それよりもなによりも乳房再建に時間をかけるのがとにかく嫌だったのだ。一刻も早く働かなければならない。次に癌ができるまでにあまり時間がないかもしれない。そして自分に仕事がやっと舞い込んでくるようになったとはいえ、出した本をいくらかでも上回るなにかを書いた次の本を出さねばあっという間に忘れられ、簡単に仕事の依頼は絶える。テレビ番組の効果とて一年あるかないかだろう。

この業界に十五年もいればそれくらいのことは私のように計算ができない人間でもわかる。さらに出版不況は今後良くなることもなく、売れないルポルタージュを発表する場となる論壇誌や月刊誌はどんどん廃刊の憂き目を見ている。ほんとうに時間がないのだ。

看板をあげていて仕事の来ないつらさ、お金のないつらさをもう一度味わうのはできればすこしでも先延ばしにしたい。単著を一、二冊出しただけの貧困にあえぐ壮年ライターならだれでも考え焦りまくることだ。ただそれに私の場合は癌がくっついてきやがった。身体が動くうちに仕事があるうちにできるだけ仕事をせねばならない。もう次に取材してみたいことも決まっていた。

それでは全摘出手術が済んで、傷のおさまる半年後くらいによろしくお願いしますと言って、病院を辞した。

経過を担当医に報告し、全摘出手術の日取りを十二月に決めたその直後、朝日新聞社から島田雅彦氏による朝刊連載小説の挿絵依頼の打診をいただいた。期間は新年からおよそ一年。週に七枚、休みは休刊日のみ。イラストレーターとして、広告を除けば最高位の仕事であるといってもいいだろうが、体力も気力も十二分に必要な大仕事でもある。

それがよりにもよって今来てしまうとは。

今は元気だ。ついこの間もドキュメンタリー映画「いのちの食べかた」の監督ニコラウス・ガイルハルターにインタビューをするためにウィーンに行き、格安ドミトリーの安宿の二段ベッドで寝ながら屠畜場や獣医大学まで取材して来たくらいだ。ただし十二月に全身麻酔の手術をするのだから、どうがんばっても一月はへなへなになる。二月に回復するかの自信もない。さらに六月に乳房再建手術でまた全身麻酔をするのだ。

新聞小説の挿絵仕事は経験したことはあるにはあった。けれどもスポーツ新聞の官能小説だ。こちらの世界ももちろん極めるには難しい大変な職人仕事なのであるが、それとはまるで勝手が違う。それにそのときは土日は休みだったから、実働として週に五枚上げればよかったが今回は七枚。この二枚の差は連載期間が長くなればなるほど大きく響く。

しかしこんなありがたく名誉な話をお断りする選択肢はない。生涯で二度とないかもしれない大仕事なのだ。やりたいに決まってる。担当の新聞記者のYさんと島田雅彦氏を交えてお会いしたときに、まずこれから入院しなければならないことをお伝えした。乳癌ですでに二回切除手術を行っていて今度は全摘出、とくれば、や、ステージはそうでもないんですと申しあげたところで、微妙な空気が漂ってしまう。長々と病状を説明するのも失礼だしなあ。

二〇〇九年二月に連載が無事に終了したとき、「実はかなり不安でした」とYさんに言われ、頭が下がった。島田氏ともどもよく信頼してくださったと思う。もっとも二〇〇八年八月から新聞連載と並行して「週刊現代」にてリレー読書日記（月に一回三冊の本を紹介する見開きのエッセイだが、三冊の本を選ぶのに倍以上の本を読まねばならないので結構大変な仕事である）の連載をはじめたことで、Yさんは不安を通り越して呆れてしまったらしいが。お二人には改めて御礼申し上げたい。

癌友がいく

入院も三度目ともなれば、スラスラと準備は進む。このころには副作用ののぼせと耳鳴りはさらにひどくなっていて、さまざまな騒音、とくに高音が、脳に針を刺されるようにキック響いた。

これらの弊害とおさらばできるならもうじゃんじゃん切ってほしい。三度目にしてゼンテキするんで入院しますと報告するたび、いよいよこの人死ぬのかと凍りつく周りの方々に気を遣うゆとりもまるでなかった。

入院を十日後に控えた晩秋、友人Tさんから「実は死にかけたんだ」と電話がかかって来た。同年代の漫画編集者で、同じような時期に癌を発見し、同じように何度も入院している「癌友」である。十年ほど前に青年漫画誌で連載したときに担当をしてくださった。熱いというより暑苦しい奴だったのだが、ハングルを同時期に勉強していたりと共通点があって、話は尽きず、それまでもぽちぽちと電話でおたがいの近況を話したり、仕事に必要な人を紹介し合ったりしていた。

二〇〇五年の冬に、私のブログをみて「俺も癌なんだよ」と電話がかかってきておどろき、会うようになった。彼の勤務先の会社と私の病院が近所であることもあり、診療が終わると呼びだしてお茶を飲みながら同室の入院患者がうざかっただの治療めんどくせーだのと、どう腐れた愚痴をへらへら言い合って気を紛らわせていた。奥さんと子ども三人を養う稼ぎ頭なのだから、私のように、

「長生きして野垂れ死にするよりよっぽどいいや」

とは冗談でも言いにくかったはずなのだが、

「べつに家族がいても結局のところ同じだって」と笑うのだった。

一緒に仕事をしたときは編集プロダクションに所属していたのだが、紆余曲折《うよきょくせつ》あって大手出版社の社員になっていたので、奥さんが熱心に保険適用外の代替療法を行うクリニックなどを探してきて通っているとも言っていた。

「来てるのは金持ちばっかりなんだよ」

「そりゃそうだよ。でもTさんには小さい子どももいるんだし、いろんな治療を続けるためにも、せっかくもぐりこめた高給出してくれる会社とは絶対喧嘩しないで、死ぬまで齧りついてなさいよ。いいわね？」

などと檄をとばしていた。Tさんは Tさんで保険適用医療以外かたくなになにもしない私

を気遣って、「これは高いけど要は同じ成分のものを飲めばいい」と、よくわからない薬の空き袋を送ってきたり、「ここの会員になると治療方針の相談を受けられる」とサイトのURLを送ってきたり、有益な情報が載っている本を紹介したりしてくれた。そして私はそれをお金がかかるし面倒くさいと、ことごとく実行しなかった。

テレビの収録や出張などでしばらく会っていなかったのだが、二週間ほど前に危篤一歩手前になって、持ち直して退院してきたのだと言う。なんとなくそうなのかなとは思っていて、聞けなかったのだが、Tさんの具合は私よりもずっと深刻だったのだ。

「どうやらもう長くないみたいなんだ。子どもと思い出づくりってのかな。遊園地とか行ってる」

「そうなんだ」

それから言葉が続かなかった。これまで何度も何度も周りの人たちを凍りつかせて腹の中でせせら嗤っていた私がガチガチに凍りつく番だった。

「まあそういうもんさ、しかたないよ」

「……そりゃ、そうだね」

「だろ？」

そのあと聞かれるままに、治療の状況や、とりかかっている仕事の話をしたと思うが、

「そうだね」と言ってしまって果たして良かったのか、それ以外言いようがなくてもなにか言うべきなのか、いやしかし、私たちはなによりそれを嫌って嗤い飛ばしていなかったか、そればかり気になって何を話したのかも、言われたのかもはっきり覚えていない。

「あなたは、どんどんがんばれ」と言われたような気がするがそれもどうであったか。

Tさんに会いに行きたかったが、入院前に前倒しで仕上げなければならない仕事もある上に、新年からの小説挿絵の仮原稿もすでに百枚いただいていた。読み込んでイメージを膨らませて登場人物の顔を作らねばならない。

十二月に入り、仕事を済ませて入院し、手術にかかった。鼻から管を嚥下するのも、下剤を飲むのも、注射も、肺活量テストもなにもかもお手のものだ。ありがたいことに病院は年々患者サービスを向上させ、ようやく一階ロビーにオンラインのコイン式パソコンが設置された。モデムはワイヤレスである。入院前の診療の時点でロビーにパソコンを持ち込み、プロバイダを割り出し、その会社の自宅外でつなげることができるサービスに入会しておいた。

これでロビーに降りていけばメールを開いたりネットをつなげることもできる。素晴らしい。いまだに携帯端末で長文を打つことができない私にはパソコンが開けられないのがなにより困るのだ。

幸いにして麻酔の切れもいままでで一番早く、尿導管の抜管もうまくいき、排尿のたびに飛びあがりそうになる痛みに耐える苦しみからも免れることができた。翌日午後には見舞いに来た母がもってきたお菓子をぱくついていた。入院初日にご飯を食べてから来てしまい、昼食を残したためなのか、食事の量を半減されたのには難渋した。

何度訴えてもご飯の量は増えなかったので母にカツサンドを差し入れてもらったりした。デパートの地下で買わずにちゃんとカツを揚げてサンドイッチを作って鎌倉からやってきてくれる母には頭が下がった。私が母親ならデパートの地下の有機食材デリでごまかすだろう。ともあれ乳腺ゼンテキ癌患者としては平和すぎる悩みである。それ以外で苦労したことといえば病室の室温が高いため、のぼせがくるたびに息苦しく茹《ゆ》でダコ状態になるくらいだった。迅速病理診断の結果は乳管には癌細胞がなかったため、乳首は無事に残すことができた。とりあえずは良かった。精密検査の結果でひっくり返るかもしれないけれど、おそらくは大丈夫だろう。

これまでは片胸ずつの手術だったが今回は両胸を一気にやったので、どちらかでどちらかをかばうわけにはいかず、手をつくと痛みが走った。切った範囲が広かったためなのか、ドレーンはぐるぐると蚊取り線香のように両胸それぞれに渦をまくように入れてあった。皮膚のすぐ下にあるらしく、赤黒い管が透けて見えるのだ。なんともグロい。

自分の傷を見るのが苦手なのは、痛がりであることと関係しているのだろうか。これだけはどうにもならない。家畜の切った貼ったはいくらでも見ていられるのだが。ガーゼを替えるときにちらっと見ただけで気が遠くなり、すぐ焦点をずらして二度と見なかった。ドレーンを抜く日は先生にどうか麻酔をと半泣きでお願いしたが痛みはないはずと鼻で笑われ、そのままずるうううううと引き抜かれた。約束の通り痛くはなかったのだが、なんとも言えない嫌な感触だった。

数日遅れで出た精密検査の結果でも、乳管に癌細胞は発見されなかった。ドレーンも抜けたことだし院内は暑すぎるしと、こっそり病院を抜け出して近くにあるいきつけのカフェまで歩いてみた。師走のつめたい空気が気持ち良い。あたたかでなつかしい雰囲気のインテリアに囲まれるだけで気持ちが解け和んでいく。しかたないのだけれど、病院の殺伐とした空間にいるだけでストレスがかかっているものだ。

今後は病院の内装デザインなども変わっていくんだろうか。きっと高級な病院はすでに変わりつつあるんだろうなあ。でもたぶん今後もそういう病院とは縁がないだろうから、こうして脱走したりして紛らわせよう……それでなんとかなるものなんだし。

なんてしみじみしながらコーヒーを飲んだ。そのままTさんの他にも仲のいい友人がいる出版社まで歩いて行こうかと思ったけれど、さすがに疲れて病院に帰った。午後は大抵なんの用事もないはずなのに、その日は運悪くなにかあったらしく、行方不明になってばかりいる、すこしは部屋にいなさいと先生や看護師のみなさまに怒られた。

さすがに夕食後に用事はない。懲りずにロビーに降りて行ってパソコンをつなげることにした。ロビーは会計窓口に隣接していて、三時くらいまでは外来患者や見舞い客で賑わっている。夕食後には私のような落ち着きのない患者が集まって来るのかと思ったら、それだけではなかった。患者に混ざって重症患者につきそう家族なのだろうか、淀みくすんだ顔をした人が疲れきって座って居眠りをしている。いびきをかいてたおれるように寝ている人もいる。

入院患者でロビーまで歩いてくることができる連中は、私も含めて内臓疾患ではなくて、脚や腕にギプスを巻いてる人など、軽症の外科患者が多い。ごろごろ寝てるのに飽きているくらいだから、顔色もそれほど悪くない。いや、病室は夜中に急変する患者もいるし、うるさくて落ち着かないので寝不足気味ではあるのだが、昼寝もできるし、三食きっちり身体に良い食事を与えられている。

それに比べると仕事と家事の合間に付き添いに来る人は、時間もないのだろう、不味《まず》そうな菓子パンを夕食時に齧っている横顔に生気がない。まさに未病状態。たいへんだなあ。

自分も家族の入院時に病院に通ってみて感じたことだが、どういうわけかべったり入院するよりも、日常と病院を行き来するほうがずっと疲弊するのだ。病院に行くだけでくたくたになる。病院はやっぱり特別な空間なのだろう。

大部屋病室ではこれまでの経験を踏襲し、他の患者の方々とははじめに最低限の挨拶をしただけで没交渉を決め込んでいた。患者同士での病状探り合いで「四十歳、乳癌、子なし、三度目にしてゼンテキ」と申告したときのかわいそうにと言う嬌声（？）を受け入れる元気はない。ステージは大したことないんですとも言いだせずに無駄に落ち込む自分も想像がつく。リスクはなるべく回避しないと退院後の仕事に差し障る。

今度の退院が本当の意味での社会復帰になるかどうかはわからないけれど、受けた仕事をしなければ、これから先にできるかもしれない癌の治療費もないのだ。矛盾しているようでもあるが、老人子ども以外のほとんどの患者はそういうものだろう。治療するためにも働ける身体にならないと。

ある日車椅子であわただしく入院してきた女性は、七十代後半だろうか。頭を覆うようにニットキャップを被っていた。ひとりだった。抗がん剤投与での通院で具合が悪くなっただけだったのか、ほんの一泊だけして去っていった。出ていく折に車椅子にもかかわらず全員のベッドを回って挨拶していた。迎えの家族らしき人もいなかった。私のベッドにきて彼女は笑顔で私の目をまっすぐ見て、

「どうもおさわがせしました」

それから一呼吸置いて、

「あなたも癌で？」

「あ、はい。乳癌なんです」

まったく嫌な気持ちにならず、身構えずに言う自分におどろいた。彼女はそれ以上の状態をたずねるわけでもなくうなずき、両手で私の手をふんわりと包み、

「そう。がんばりましょうね」とにっこり笑いながら言って、去って行った。

茫然《ぼうぜん》とした。いまでもこのときのことを思い出すと涙が噴出しそうになる。さまざまな視線から自分を守り、仕事と治療を両立させるのに精一杯でハリネズミのようになっていた。同じ病気で寝ている人を思いいたわるような余裕などまるで持てなかった。だれになにを言われても鼻で笑って聞き流すか、言われる前に皮肉交じりの冗談で混ぜ返していたのに、ほんの一瞬で溶かされてしまった。

「がんばって」は私がなにより嫌いな言葉だ。みんなそういう私の気配を察するのか、言われることもほとんどなかった。それなのになんて素直に浸み渡るのだろう。身勝手ながら再建までのあと半年のひと踏ん張りに向けて素直に背中をとんと押し出された気分になれた。

私よりもずっと深刻な状態にあったのではないかと思われるその女性が携えていたものは、

一体何だったのだろう。自分の器の小ささが恥ずかしかった。次に入院するころには、私も彼女のようになれるだろうか。なっていたいと実は本気で思っている。

ドレーンが抜けて二日後、抜糸を待たずに退院した。入院期間は八日間で、かかった費用は二十二万五百九十二円だった。

あれだけヨガに通って身体を鍛えたつもりでも、やっぱり退院後はまるで身体に力が入らず、自宅で寝たきりとなった。歩けばふらふらして力が入らないし、長時間身体を起こしていることができない。猛烈に眠い。ごろごろしながら新聞連載の原稿を読んでいた。

へなへなのまま年末にさしかかったそのとき、Tさんの奥さんから電話があった。Tさんが危篤だという。もう持ち直す可能性はないようだ。行き帰りの身体の消耗を押しても、東京西部にあるTさんが入院している病院まで行こうかと一瞬思ったそのとき、Tさんが眠るたびにこのまま死んでしまうのではないかと怖がり、奥さんにずっとそばにいてほしがっていると聞かされた。

やっぱり会わずにおこうと決心した。

私とへらへらと癌を笑い飛ばしていたTさんはもういないのだ。強がっていたのかもしれないし、そのときは本当にそう思っていたのかもしれない。それはどちらでもいいのだ。そのときには彼との会話がたのしく嫌な気持ちを紛らわせることができたのだから。

今の彼の状態と相対したら、きっと私は自分の病気に怖気《おじけ》づいてしまう。死ぬことが怖くなってしまう。再発が怖くなってしまう。一度怖くなったら、どんどん不安になって二度と立てなくなる気がした。奥さんにメールアドレスを教えてもらって、携帯に向い、すこしでも痛くないことを祈ってる、とだけ打った。別れの言葉は、打てなかった。

年が明けて二〇〇八年になった。正月には配偶者とクエンティン・タランティーノの映画「グラインドハウス」を観に行った。おもしろかった。病気になってからいつのまにか人がばんばん殺される小説や映画が大好きになっていた。以前は屠畜はともかく殺人はまるっきり苦手で正視できなかったのに。

こうしてる間にもTさんは死んでいるのかなと思わなくもなかったが、思い煩ったところでなにも変わらない。Tさんは死んでいく。そして私はまだ生きていて、生きているかぎり、嫌でも生き続けねばならない。

新年を数日過ぎて、Tさんは死んだ。ちょうどセールがはじまっていたので百貨店に行き、まるで似合わない拷問のようなアニエスベーのスーツを買い、以前にTさんと一緒に仕事をした紀行家の斉藤政喜さんと待ち合わせ、通夜に出かけた。黒い靴はヒールの高いものしかなく、まだすこしフラフラしていたこともあって、何度もずっこけそうになった。

たくさんの人が来ていたが、知っている人はだれもいなかった。師もなく、組織に属さないまま、しかも一つの雑誌や版元にとどまらないであちこちバラバラに仕事をしていると、どうしてもそうなる。斉藤さんは九年前に仕事をしたきりTさんとの縁も切れていたので、Tさんの近況を私がほぼ一方的に斉藤さんに説明して、そのまま帰宅した。

その後、漫画編集者や漫画家を中心に彼を偲ぶ会があったと聞いたけれど、もちろん声もかからないし、紛れ込んだところで知り合いは皆無なのだから、ただ立ち尽くして時間をもてあましただけだろう。

仕事で知り合い仲よくなった友人が死ぬとみんなこのパターンになる。通夜葬儀に行ったところでだれも知り合いがいない。いたところで一度挨拶したかしないかくらいの人ばかり。自分がグループつき合いを嫌って知り合いを極力増やさないようにしてきたのだから、因果応報なのであるが、数人の知人友人の死を経て、これは予想外にしんどいとわかってきた。

故人とうまくお別れができないのだ。葬式や通夜に出て、ちらっと遺影を見上げて焼香したところで、まあそれをしないよりはましなのだけど、それくらいじゃとうてい気持ちの踏ん切りはつかない。そういう場所でもなんでもはばからずにわんわん泣けるくらいの肝の持ち主ならばいいのだろうが、生憎人前でなかなか泣けない性分ときている。

前述した、「社会新報」のYさんが乳癌で死んでからは、そのあと何年も街で歩く女性を

Yさんと間違い続けた。普段彼女のことを考えているわけではないのに、あっYさん、と思って呼び止めそうになる。そしてそのたびに、Yさんがまだ生きてどこかにいると思っている自分に気がついて、ひどく狼狽《ろうばい》した。回を重ねるうちに自分がどこか変なのではと、恐怖に近い感情が湧いた。

もともと家庭や職場などで毎日顔を合わせているわけではないから、余計に気持ちのどこかでまだ彼女が生きているような気がしてしまうようなのだ。見間違えなくなるのに四、五年はかかったろうか。

友人の死を認めるには、どうしたらいいのだろう。

その人をよく知る者同士で語り倒すのが一番効果的なのではないだろうか。なるべくその人と同じような関係性を結んだ人と語り合った方がよい。家族肉親の死には適用できないと思うが、友人の死については、それができた人に対してはあまり後をひかずに済むようだ。あの人はああだったねこうだったねと散々話し合えば、なにかが落ちて、うまくお別れできる。惜しむ気持ちはあっても、それに苦しめられるということはなくなる。ただそれには「共通の友人」というやつが必要なのだった。私にはそういうつきあいがあまりにも少ない。

Tさんの葬儀からしばらくしてご家族と会う機会があり、Tさんの話をした。予想はしていたけれど、やっぱりすっきりはしなかった。所詮仕事関係での友人同士において、家庭での親で夫である様子を聞いたところでどうにもならないのであった。もちろん私はさておき、奥さんは会社での様子、仕事先での様子も聞きたかったろう。妻なら当然だ。それですこしでも痛みを和らげてくれれば本当に嬉しいと思って会ったんだからそれでいいのだ。

しかし私は編集者としてのTさんをよく知る友人と、ヤツの仕事がいかに非効率でアホで愚直で、人の心配ばかりして、だからおもしろいヤツだったとかなんとか、悪口もなにもかも話すだけ話して、さっぱりさせたいのだが、そういう相手が見当たらないのである。

ああこれから先が本当に思いやられる。友人が死ぬたびにこんな思いを抱えねばならないのだろうか。思いやられるあまり、自分が先陣を切れたらどんなに楽かと結構真面目に思うくらいだ。

歳を重ねるということは、周りの友人を亡くしてどんどん孤独になっていくことなのだという老俳優の言葉が、二十代のころはただ頭上を通り過ぎていた。それが今はすこしずつ実感を持ちはじめ、どんどん重みと苦みを増してきた。

Tさんの葬儀から二週間くらい経ったころから、私は体調を取り戻していった。ホルモン療法のための投薬をやめて、あれだけ悩まされたのぼせも消えた。ただし聴覚は依然として過敏のままで、イヤホンは手放せないままだった。三週間目にはヨガも再開した。日常を生きねばならない。

傷口のおさまった胸は、平らというよりはえぐれていた。左側の乳首にいたってはひきつれて真下を向いていた。自分の乳腺なんて大した量もないと思っていたけれど、それなりにはあったのだと思い知らされた。見ていてあまり気持ちのいいものではない。

乳首を含めて胸の感覚はまるでない。前回までの二回の手術のあと、すこしずつ神経が復元して、感覚が戻ってきていたのが全部断たれた。落ち込む日もあれば、まあ人生こんなものかとひとりごつ日もあった。乳房があってもなくても家事仕事日常生活全般にとてつもない不自由があるわけではない。麻酔によると思われるだるさも一ヵ月経てば消えていく。ただ、服を着るとき脱ぐとき、入浴するときに、胸を見ればどんよりとする。えぐれていることに慣れるにはまだまだかかりそうだ。

のぼせがなくなって身体が楽になったのは事実なので、切らなければ良かったとは思わずに済んだ。この気持ちがでてきてしまったら相当苦しいだろうなと思っていたからほっとした。ただし鞸襞を買うのを承知であえて言わせていただければ、生きてるだけで幸せだともまるで思えなかった。

決定的に不幸、というほどではないけれど、これだけ落ち着かなく不快な気持ちのままで、生きる幸せを味わう精神的余裕はなかった。不幸だと思い詰める余裕も実はなかった。自分を自己暗示にかけるのにも時間とゆとりがある程度必要だ。

とりあえずもともと再建すると決めていたのであるから、さらにガタガタにえぐれた胸を眺めて考え込んでもしょうがないと、突き放していた。第一、そんなことで悩んでいる暇はないのだ。待ったなしの新聞連載がはじまっているのだから、それに集中しなければならない。仕事があるというのは本当にありがたかった。お金がないという大きな不安も解消できる。すばらしい。なによりの懸案事項が一つ減るのだ。

しかも在宅の仕事なので、同僚からあれこれ的外れな心配をされるということもない。もちろんだれとも会いたくないというほどのことでもなかったし、会った人に病気のことを訊かれて黙りこむこともなく、なんでも答えられるくらいのゆとりと礼儀は身につけていたつもりだ。それでも知り合いのふとした言葉で喪失感に心をえぐられことは何度もあった。

ほとんどがどういうわけなのか、同性からの言葉だった。乳房への思い入れがそれぞれ違うからだろう。同じ女性だからといって分かち合えない不思議。悪気もない人に、こちらの気持ちの持ちようを説明するのもむずかしいし、わからなくて当然かなとも思う。子宮筋腫で子宮をゼンテキした友人も同じようなことを言っていた。私もきっと立場が変われば不用意な発言をしていることだろう。

というわけで当時はなるべく男の友達と遊んでいた。それとゲイ。彼らが私の気持ちを理解していたというわけではなく、違う生き物なのでわからなくて当然であるし、そんな話題にもならないので楽だったのだ。特にゲイの男性は女性の乳房は欲望の対象ですらもないので、まるっきりよくわからないと真顔で言われる。だから逆にとても気楽に話ができた。

全摘手術のほぼ直後からフル回転で働いたことになる。睡眠時間も減った。ただし週に二度のヨガは欠かさないようにして、身体に疲れが残らないように、眠りを深くすることだけは死守した。まるでドーピングだなと思うくらい、ヨガさえしていれば体内の疲れはリセットできたのだった。それは今も変わらない。

で、それ以外はもうめちゃくちゃだった。週の半分は机の下でごろりと横になって仮眠するだけ。食生活も、癌体質を改善する玄米菜食なんて程遠く、仕事場の向かいのパン屋さんでお総菜パンを買っては食べてパソコンにかじりつくという日々を続けた。画力溢れる天才ならさくさくと絵もあがるのだろうが、仕事が遅いんだからしかたがない。

本当だったらしっかり食事にも気を使って休養するほうが良かったのかもしれない。アトピーの主治医からは病み上がりの時期に決して無理をしてはいけないとも言われていた。しかしそれが可能な状況ではないのだから、そんなことは検討すらしなかった。仕事のおかげでTさんのことも含めた自分の病気のこれからのことも、乳房の喪失感も深く考えずに済んだのも事実ではある。

二月初旬を過ぎたころになって、忙しいながらも仕事のペースをすこし摑みかけて気持ちにゆとりが出てきたのだろう。深夜にインターネットで挿画の資料を探す合間にYou Tubeで東京事変の「落日」を聴いていて、急にどばーっと涙がでてきて、止まらなくなった。びっくりした。喪失の歌である。Tさんが死んでから一度も泣いていなかった。だれもいないことだし、これはいい機会なのだから盛大にTさんを惜しんで弔うつもりで泣くことにしようと思って、すぐにダウンロードし、繰り返し聴きながらわあわあ泣いてみた。未消化のままわだかまっていたものを、これで流し出すことができると思って内心ちょっとほっとした。

たしかにその日はすっきりした。ところがそこからがいけなかった。元気になってなんだか景気よくバリバリと仕事をしている自分に罪悪感が湧いてしまったのだ。一体どこからそんな気持ちが芽生えるのか、人の心は本当によくわからないものだ。

なぜ自分が元気になってしまったのか。なぜ同じ時期に癌になって、お茶を飲みながら笑い合っていたTさんが死ななければならなかったのか。そんなもん考えてもまるでしかたないことだと百も承知なのだが、止まらない。長いこと貧乏で不健康で仕事もないというのがデフォル

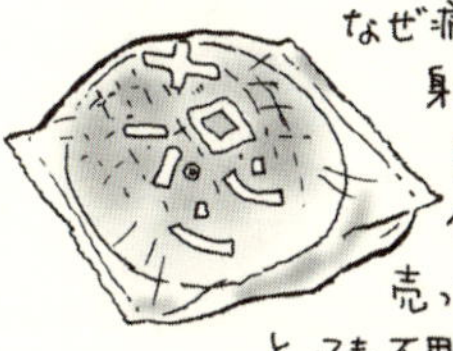
なぜ病院の売店には
身体にイマイチ
良くなさそうな
食べものしか
売ってないのだろうか。
とっても不思議。

トになっていたので、回復して、テレビに出たり華やかに見える仕事をしている自分に、吐き気を催すような嫌悪感を覚える。自分が死んだ方がよっぽどましだったろうにと繰り返し考えてしまう。

ずっと前に鶴田浩二が特攻隊の生き残り役を演じるドラマ「男たちの旅路」を見て、どうやら戦争で生き残って帰還した兵士は申し訳ないという気持ちに駆られるらしいと知ったものの、まるで共感はできなかった。彼らとは痛みの質も深さも比べようがないものの、いまならその気持ちが理屈抜きでわかる。

思い返してみれば、自分が癌になってからほとんど泣いてもいないし、病気を得た自分についてじっくり悲しんだり労《いた》わるゆとりがまるっきりなかった。もっと要所要所で泣いたりわめいたりすればよかったのかもしれない。発病してからずっと、手術や投薬にともなう身体の変化痛み痒み物理的喪失についていくのと、お金と仕事を確保するので頭がパンパンだったのだ。

またあろうことか挿絵を描かせていただいていた島田雅彦氏の新聞連載小説『徒然王子』は、惨めな運命を背負った王子の前世めぐり譚《たん》である。ただでさえ私は小説を読むと中の世界に感応し、振り回されて怖くなったり落ち込んでしまいがちなのだ。

そこをあんまりよろしくない精神状態のうえに魂の流浪の痛々しくヒリヒリする物語に毎

日どっぷり浸からねばならないのだった。傷口に塩を擦りつけるようなもんである。連載は約一年と聞かされていたので、王子がどんな形かはわからないけど、救済されるのにはあと三つも季節を待たねばならない。ううう。王子、しっかりして。

ああ。こんな気分のときこそ航空券でも買って海外に行き、砂漠をぽくぽく歩きまわりたいんだが、まだまだ仕事のペースは長期の留守ができるまでには摑めない。原稿に追い付くのに精いっぱいだ。こりゃもうどうしたものかと思案に暮れて、深夜とぼとぼと谷中の路地を自宅に向かって南下していて、視線を感じたような気がして空を見あげた。月がこちらを見ていた。目が吸いつくように離せなくなった。

たかが乳、されど乳

四月に入り、傷も落ち着いてきたので乳房再建手術をお願いする病院に予約を入れようと電話をかけた。

「……先生は、X日のみとなりますが」と言われてアレと思ったけれども予約を入れた。通常は曜日指定だけのはずだが。

病院を訪ねてみて仰天した。先生の態度が別人のように変わっていたのだ。ものすごくイライラしているだけでなく、はじめに訪れたときには見せていただけた術例の写真も、個人情報がどうこうと言って見せてくれない。確認のためにもう一度見せてもらいたかったのだが。写真は首下から胸部だけを写したものだったし、もちろん患者名なども伏せられたままだ。

それでも個人情報の問題がないわけではないかもしれない。ならばなぜ前回は見せてもらえたのか。意味がわからずに茫然としたが、せめてどれくらいの大きさのどんなものがどうつくのかを教えてほしいと言うと、先生は激しく怒りだした。

なにもかも任せてほしいとは言われたが、体内になにが入るのかわからないまま手術を受けるのをみんな受け入れるものなのだろうか。あとから思えば、先生は大きさに注文をつけられると思って警戒したのだろう。はじめに任せてほしいと言われたときに、あなたのように身体の薄い人に大きな胸はつけられないというようなことを言われたからだ。

たしかに乳腺の多寡以前として私は上半身がガリガリに痩せている。筋肉下に入れることだし、多少でも筋肉をつけたほうが自然に見えるのかもしれないと、胸筋をがんばってうごかしていたことは事実だ。しかしもともとほとんどない筋肉をたかだか半年、それも手術をはさんでだから実質四ヵ月たらず、ジムで動かしたところで加圧トレーニングでもないし、筋肉がたいしてつくわけないのである。

推測の範囲でしかないが、形成外科医たちは、乳癌患者たちが乳房のできあがりにつける注文のうるささに、辟易《へきえき》しているのではないだろうか。乳房再建を請け負う美容整形外科のサイトには、形成外科での乳房再建では満足がいかずに来院する患者（客？）がいかに多いか、煽《あお》るように書いてある。

先生に裸を商売にしている女性ならば考えるけれども、と言われたときにはさすがにブチ切れそうになったが、懸命に抑えて大きさはどうでもいいし、滅菌袋に入ったままでもいいからとにかくシリコンパ

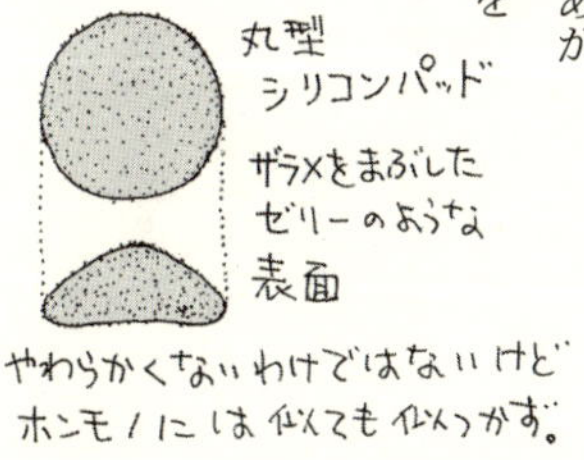
丸型
シリコンパッド
ザラメをまぶした
ゼリーのような
表面
やわらかくないわけではないけど
ホンモノには似ても似つかず。

ッドに触らせてほしいと言うと、それもできないと言う。

実は、先生はこの病院の所属ではなくなっていたのだ。月に一回、自分が手掛けた患者のケアのためにこの病院に来ているにすぎない立場なので、シリコンパッドが入った棚の鍵をあけることができないと言う。唖然《あぜん》とした。この病院の手前があるのか私の手術をしたくないのかそれとも手術料金のことがあるのか、判然としないが、新しい勤務先の病院に来いとも言わない。私もそれを聞きだす知恵がまったく回らなかった。頭に血が上ってもともと少ない患者としての交渉能力はゼロになっていた。

ものすごく混乱したが、これからまた一から先生探しをする時間が惜しい。新しい先生を訪ねてみてまたエキスパンダーを入れる方法を持ち出されたらたまらない。手術が遅れれば取材の計画からなにからすべてが崩れる。おっぱいと仕事、どっちが大事かと言われたら、そりゃあ迷うまでもなく仕事だ、仕事。金がないのは首がないのと同じと言うではないか。人生お金じゃないなんて言えるのは本当にお金に困ったことがない奴だけだ。不安で一杯だったがもういいやと手術日を決めた。

病院を辞してからも何度も別の病院に行こうかと考えた。しかし仕事は新聞連載小説の挿絵が入っていてものすごく忙しいし、新しい先生とまた同じバトルをする可能性も高い。自分でこんな体験エッセイを書いておいてなんだが、患者たちの体験知と怨念《おんねん》と愚痴がごちゃごちゃに混ざった巨大掲示板を徹夜でさらう気力もない。そんな暇があったら仕事をすすめるか寝たいのだった。

何日も考えた末、やはり今の病院でそのまま手術を受けようと決めた。初心に立ち戻ることにしたのだ。そもそも自分の治療方針は、保険適用（と同じ予算）内でできることしかやらない、だったのだ。それはつまりこういうことだ。

らしきものがつけばよし。

それ以上を望むならそれなりの所に行けということなのだろう。そう解釈するしかない。いいじゃんそれで。もともと保険適用と同じ金額にしてくださるという話がなけりゃ作るつもりもなかったんだし。

一カ月ほどたったあとで、突然先生から郵便がとどいた。封筒をあけるとごろりとシリコンパッドが入っていた。持ち重りする。どら焼きくらいの大きさだ。ザラメをまとったゼリーのような外観だ。そこそこくにゃくにゃしているが、固い。乳房の感触とは比べ物にならない。

これが筋肉の下に入るんだから、まあどんなにがんばったところでらしきものでしかないだろうよ。なんとなくわかっていたことだが、改めて触ると納得する。そうなのだ、この納得感が欲しかったのだ。封筒の裏には入院時に返してくれればよいと書いてある。大きさのことは触れていないが、小ささ薄さから予想するにこれが入るということなのだろう。しかしまあ一応まるで見せないのも酷かと思ってはくれたようだ。それで最低限の信頼関係はできたと思うこととしよう。

一回目の手術以来、私はブラジャーをすべて捨てて、無印良品のカップつきキャミソールを愛用していた。ブラジャーをつけるのが嫌になったからだ。身体にぴったり密着するキャミソールは傷にガーゼを当てている間は、ガーゼを押さえる役割も果たしてくれた。そして腰から脇下までを包むキャミソールを着ていれば、胸そのものを意識せずに済んだのだ。

胸という女性にとって特別な場所を包むための装置など、自分には無意味な存在でしかなかった。カップ部分に入っているパッドは薄いものだし、当時の写真を見ると、服を着た上からでも胸は以前よりもさらにへたへたになく、今見るとかなりきついのであるが、当時はそれほど気にならなかった。気にする余裕がなかったと言えばいいのか。

シリコンパッドをティッシュで包み、シャツを脱いでキャミソールと胸の間に入れてみた。ああ、こんな感じになるのか。こうなる、ということがわかったことに純粋に安堵した。どれくらい不安だったのか、思い知った。大きさをよく吟味検討したいという欲求が湧く前に、私はシリコンパッドをはずして封筒に戻し、呪文を唱えた。

らしきものがつけばそれでいいのだ。

六月になり、再建手術を受けるために入院した。病院は東京西部にあり、自宅から二時間近くかかった。全身麻酔手術の場合、大抵の病院は身内の付き添いが必要になる。この病院も例外ではなかった。乳癌での三回の手術は配偶者に付き添ってもらったが、今回は迅速病理診断を術中でするわけでもないし、開いてみてなにかがわかるわけでもない。

　単純に切り開いてシリコンパッドを入れるだけの手術なのだ。付き添いは頼まなかった。病院が遠いので一日つぶれてしまうこともあった。配偶者もちょっとほっとした表情を浮かべていた。切り貼りも四度目ともなると本当にどうでもよかった。全身麻酔の加減で死ぬ可能性はあるにせよ、不慮の事故のようなものだろう。まさかの死に際のためにだれかの時間を犠牲にしたくなかった。

　人は死ぬときはどうあろうと死ぬ。そのとき側《そば》に身内がいることがそれほど心強いものだろうか。病院の事務手続き上多少混乱させるかもしれないが、それとて本人からいくつもいくつも念書のようにサインと判をとっているのだ。病院側に責任が問われることはないし、問うつもりもない。

　むしろ手術前にもあるかもしれない担当医との言い争いでの消耗を、配偶者に見られたくない。あの医者のなににいらつくのかを配偶者

無印良品の
ブラキャミソール
カップ取りはずし
可能。
ユニクロのも
いいかんじです。

とはいえ、性を隔てる男性に説明したところで理解されないだろう。これまでも「したいようにすれば」と言われて以来、まったく相談していなかった。配偶者だけでなく、ほとんどだれにも相談せずに決めたことだ。

付き添いにだれも来ないことは、担当医には事前に断り了承を得ていたが、いざ入院してみると、ナースステーションで聞いていないとおどろかれた。先生は手術日にしか来ないので、確認もとりようがないというわけだ。申し訳ないが押し切らせてもらった。

病院は駅からバスで二十分かかる、とても寂しい場所にあった。癌を切った病院は老朽化していたが都心のど真ん中にあって、賑やかな立地であった。こちらの病院の建物自体はピカピカに綺麗で、売店も書店にコンビニ、花屋、介護用品専門のショップが入っていた。通うにはしんどいけれど、中にいる分にはとても快適だ。

最上階に上がると向かいには巨大な集合住宅が建ち、ベランダに布団を干す主婦らしき女性が米粒大ではあるが、観察できた。集合住宅の向こうにはバラバラと住宅があり、さらに向こうには連なる山が見えた。巨大な箱の、小さく仕切られた空間を、いったいいくらで購入したのだろう。

ビル風に吹かれてぽちりと布団を干している女性を見ると、人生は結構ハードボイルドなものだなと奇妙な達観が湧いてきた。本人はごく普通に幸福に生きているつもりなのかもしれないけれども、俯瞰すればなんと寂しく厳しく見えるものだろうか。空から見下ろせば、こちら（病院）側にいる者と、あちら（集合住宅）側にいる者と、たいした違いはないように思えた。

覚悟した通り、手術日当日も先生ともめた。先生は執刀のみで麻酔が覚めたときにはすでにおらず、一ヵ月後にしかお目にかかれない。抜糸後に必要となるマッサージなどのケアはこちらの病院の先生に任せると聞いていた。一応先生自身からもう一度流れを聞いておこうと、麻酔を導入する直前に胸に印をつける際に尋ねたら、いま話しても忘れるに決まってるだろうと怒鳴られた。

よほど私のことが気に食わないらしい。たぶん会話のタイミングが合わないのだろう。ここまで他人といがみ合ったことは人生の中でも皆無なのだが。それにしても術前の患者を怒鳴りつける医師はなかなかないようで、立ち会った看護師さんたちがびっくりしていた。

病室に帰り、麻酔の準備をした。ここでは鼻から管を飲まずに済んだのがありがたかった。似たような手術なのになにが違うのかはわからない。麻酔をかけてから突っ込むのだろうか。

手術が終わり、意識は宵の口には戻った。早い。胸にはなにやら強烈な違和感があったが、それもこれまでの体験からとんでもなくかけ離れた感覚ではない。こんなものかと身体を動かしたらとんでもなく気持ち悪くなった。頭を縦にすると猛然と気持ち悪くなる。重い二日酔い状態だ。これが一晩じゅう続いた。うーむ。なにがいけないのだろうか。麻酔の成分や種類が病院によって違うのだろうか。それとも飲酒するようになったためなのか。

そうなのだ。実はヨガをはじめて身体が元気になってから、これまでほとんど飲めなかったお酒が飲めるようになっていたのだ。それもどういうわけか蒸留酒だけ。一年前テレビの収録でキューバに行ったとき、あまりにも暑くてつい手を出してしまったモヒートがたいへんおいしく、ほろ酔いになり、かつまた二日酔いにもならなかったのだ。

衝撃だった。なにしろお酒をすごくおいしいと思って飲んだことがなかったのだから。帰国後バーに連れて行かれたのをきっかけに、ラム酒のカクテルでほろ酔いになるというたのしみにはまってしまった。ほどなくひとりでバーに出入りするようになり、モヒートよりも強いカクテルに昇進し、入院前にはロックどころかストレートで飲むようになっていた。

癌のキャリアがなにやってんだと言われれば返す言葉もないのだけれど、なにしろ友人Tさんが死んで以来、生きていくことに9Gくらいの重圧がかかっていた。NK細胞が死んで行くよりゃいいだろうと、勝手な理由をつけて週に一度の割合でラムを堪能するようになっていたのだ。

呻きながらベッドに頭を押し付けるようにして朝を迎え、そのまま午前中を過ごした。午後まで続いたらナースコールを押そうと心に決めていたものの、昼食までにはけろりと抜けて安堵した。

病院が違えば道具も変わる。毎度憂鬱な排液を吸い出すドレーンが、今回は袋だけになっていた。前の病院のドレーンは真空をつくりだすゴムポンプがついたプラスチック容器で、大きさは駅弁と一緒に売っているプラスチック容器のお茶を二つ並べたくらい。かなり嵩張《かさば》るため、点滴と一緒に車輪のついた棒にひっかけることとなり、点滴がとれてからもガラガラとトイレにまでこの棒を引きずり歩かねばならないのが不便ではあった。

新型ドレーンを見た瞬間にやったと大喜びした。ここまで小型化したのなら、首からさげることができる。しかしこの新型ドレーンは扱いが難しかった。袋の中央にあるプラスチックの弁のようなものをべこりと押すことで真空（正確には減圧状態）を作り、排液を吸う仕組みらしいのだが、これが難しく、なかなか真空にならない。いや、真空になったかどうかが判別しにくいようで何度もやり直していた。今ごろは改良された製品ができているかもしれない。

胸はさすがに痛かった。どこかのホームページで「鉄板を入れたよう」と書かれていたが、当たらずとも遠からず。皮膚をぱんぱんに伸ばしているのだからしかたがない。二十四時間圧迫感がつづく。まっすぐに寝ることができず、横向きに寝ていた。

それにしてもこの手術、たかがシリコンパッドをいれるだけとはいえ、切る範囲は大きい。

あるサイトの情報ではこれを日帰りでやる美容整形外科もあった。うーんさすがに怖いなあ。無理だろこれ。局所麻酔でやるのだろうか。麻酔医との提携をうたっているところもあるし、金額の多寡はさておき、治療に関しては手を抜かずにやってくださっているところもあるだろうけど、もしお金があって美容整形外科にお願いすることにするとして、どこに頼むのかを決めるのはすさまじく大変だろうなあ。

今回も病室では孤立を保とうと思っていたが、ちょっと勝手が違った。なにしろ病室の雰囲気が軽いのだ。あの独特の重圧感が、な・い。ないのだ!! だれかと話す前からそれがわかる。伝わって来るのは妙にのんきな空気。ううむ。あれはやはり癌病棟独特のものだったのかなあ。

自分の手術自体も生死にまるっきり関わらないものであったこともあるのかもしれない。これまでの入院ライフではじめて、向かいの女性とながく話をすることとなった。私よりもすこし若く、子宮筋腫で入院していた。深くは尋ねなかったが、切迫感も少なく摘出したわけではないようだった。

元ヤンキーにして二人の息子をたった一人でしかもパートで育てているという彼女と私に、それほど共通点があるわけでもなかったが、不思議なことに話が続いた。たぶん私も彼女も理由は違っても、がんばりたくもないのにがんばり続けなけりゃどうにもならない人生にすこし倦《う》んでいたのかもしれない。
「やっぱり女って損だよ、絶対」と彼女が呟いたとき、これまで損得で考えたことがないことにはじめて気づいた自分は、まだまだたいした苦労はしていないのかもしれないと思った。そして損かどうかはわからないけど、うんざりするよねえと返した。

　癌患者同士でこういうつながりを、持てただろうかと何度も考える。三度目の手術のときに出会った人のように、だれともわけ隔てなく持てる人もいるだろう。けれども本当にそれはごく稀《まれ》なのではないだろうか。

　先日すい臓癌で亡くなった評論家の黒岩比佐子さんが闘病中にブログで綴っていたように、癌患者の場合はできた部位とステージまで同じでない限り、なかなか話が合わないというのが現状だろう。そうしたくなくても、たとえ口に出さなくても、どうしてもあなたと私の残された時間を比べてしまう。切り取り捨てた内臓や肉片の大きさを比べてしまう。ゆとりを持とうにもなかなか持てない。

　そしてあなたよりは私の方がましという視線を一度でも投げられれば、相当なダメージを受ける。健康な人から向けられる視線よりも

遠慮やゆとりがない分、それはより深く刺さったように思える。それがわかるからこそ、自分よりも重篤な人に声をかけるのものすごくためらわれる。申し訳ない気持ちで一杯になる。

なぜあなたの癌はどんどん進行し、私は元気になってしまうのかと、何度も何度も考えてしまう。もちろん自分だって今元気であってもいつまた再発もしくは原発し、今度はどんな手を打っても増殖を抑えられなくなるかもしれないとも、思う。乳癌で亡くなった著名人の記事があれば、発病から何年生きたのかをやっぱりかならず見てしまうのだ。

ドレーンをはずすときは、例によって怖くて胸を正視できなかった。三回目よりは短めだが、シリコンパッドの弧に沿って管が各二十センチほど埋め込まれていたようだ。院内の若い形成外科医が処置してくださった。傷は正常だと言われた。

振り返ると三回の癌の切除手術をしてくださった先生は、術後かならず翌朝には外来診療がはじまる前に病室までやってきて、傷の確認をみずからしてくださっていた。その後六十人の外来患者を診て、午後三時くらいからは手術という信じられないハードスケジュールなのに。頭が下がる。

大変な手間だと思うが、それだけのことで患者はどれだけ安心するか。このような状況に置かれると改めて良い先生に当たっていたのだなと思わされる。患者を安心させるためだけではない。たとえば、装丁家がデータを渡したあとも印刷立ち会いを行い、さらに書店に本が並ぶ姿まで確認するのと同じことだ。職人として自分が切って縫ったところがどうなっているのか、気になるのが普通だろう。

ただし医療全体の流れで言えば、実質的な執刀とその後の処置が分業されることは、そう珍しいことではなく、むしろ今後進んでいくのではとも思う。世界的権威の脳外科医のドキュメント番組では、前後の処置はできうるかぎり他の医師団にまかせて、医師は神経を傷つけることなく脳腫瘍をとりだす作業だけに専心していた。そうでないと多くの人を手掛けることができないし、所属病院以外での執刀も実現できない。

切ってもらった医師に最後まで診てほしいというのは、家を建ててもらった大工さんにずっとメンテナンスをしてもらいたいと願うのと同じくらい贅沢な願いになりつつあるのかもしれない。診ることと看ることとの境界を私たちはどうしても混同しがちだ。

乳房再建手術のための入院は九日間。かかった費用は二十九万九千四百十円。そのうちシリコンパッドの代金が十五万七千五百円だった。

失われた「自然」を求めて

自宅に戻り、ようやくゆっくり胸を見て仰天した。左右とんでもない方向に向いているのだ。アンダーラインもバラついている。正直言ってできそこないの粘土人形のようなボディなのだ。だれが見ても不自然だろう。はっきりいって自分の身体ながら怖い。これならつけないほうがまだマシというものだ。ずっと左を下にして横向きに寝ていたのがいけなかったのか。気が遠くなった。

片胸だけの手術ならわかる。残した方の胸と同じ形にならないと聞いた。そりゃそうだろう。シリコンパッドはたくさんのサイズがあるけれども、乳房の形は人それぞれ。顔と同じくらい千差万別だ。シリコンパッドを特注でもしないかぎり、左右同じ形にするなんて不可能だ。それに体重の増減で胸も増減する。いや、それよりなにより筋肉下にいれる手術の場合はオリジナルと同じ形に作ることはどう想像しても物理的に不可能だろう。素人でも容易に想像がつく。

自分が乳房再建する気になったのも、左右両方の乳腺をとることになったからだ。乳腺を全部とって、同じ形のシリコンパッドを左右に入れる。これならたいした技術はなくとも左右でまるで違うモノがついてる、という事態にはならないだろうと判断したのだ。なんで同じように削ったところに同じモノを入れてこんなガチャピンになるのだあああっ!!

乳房再建になにをどこまで求めるのかはひとそれぞれだと思うけれども、なるべく自然に見えるものがついていてほしいというのが正直なところだ。第二に形で次に大きさといったところか。柔らかさは筋肉下に入れると聞いたときから望んじゃいない。

あわてて病院に電話してすぐに診察の予約をとった。若い形成外科の先生は、電話で執刀医に問い合わせてくださっていた。マッサージをしているうちに落ち着くとのことだった。はじめのうち変な形になるからおどろくなと術前に一言説明していてくれればここまであわてずに済んだのだが、目の前の先生のせいではないのでしかたがない。

胸は、シリコンパッドの直径ぴったりに切り開いているわけではなく、直径よりも二〜三センチほど大きめに切り開いてある。本来くっついているところを切るので、いわば傷である。時間が経てばどんどんくっつこうとする。そこで抜糸後すぐにマッサージが必要となるのだ。上下左右、シリコンパッドをぐいぐい押して、大きめに切った部分を押し開く

しかし世間のブラジャーの
8割くらいは
ワイヤー入り。
デザインも色も
豊富
だ。

ようにしてくっつくのを防ぐ。こうすることでシリコンパッドをぴったり固定させずに泳がせることで、乳房っぽいたたずまいとなる。

このマッサージを一日五回から六回。トイレに行くごとにやれと言われた。それからワイヤー入りのブラジャーは乳房を固定することにつながるので長時間の使用は避けるようにとのこと。

傷はある程度おちついてるとはいえ、傷である。しかもかなり力をいれて押さないとシリコンパッドは境界までは動いてくれない。もともとそんなに柔らかいものではないのだ。けれども怖がってサボれば、周りがすべて固まって、シリコンパッドが中央に盛りあがるという悲惨な事態に陥るという。そうなれば再手術するしかないらしい。ううう。

新宿二丁目のトランスジェンダーの人たちの間では、胸を作ったらとにかく揉めば揉むほど自然な柔らかい胸に近づくのだから、常に揉め、といわれていると、聞いたことがある。つまりはそういうことなんだろうか。しかし一日五回とは思わなかった。これからの人生ずーーっとそんなに頻繁にマッサージしなきゃならないわけですか。うわーーー。もう入れちゃったからしかたないけど、これも最初に説明してほしかった。

私のシリコン胸は下側の弧を描く部分のこのゆとりポケット部分が左右でまるで違っていた。右が大きく落ち過ぎていて、左が上がり過ぎている。

こういう場合は左右同じようにマッサージしていていいのでしょうかと聞くと、先生は言葉を濁す。要するに、この若い先生ご自身は乳房再建のあとのデータをほとんどお持ちではないのだ。落ちている方は弱めにして左を強くやればいいのかもしれませんが……とはっきりしない。

よくわからないままにひどく持ちあがっている左側を重点的に下に押して強めにマッサージすることにして、一カ月待った。

あくまでも自分の体験的な結果で、筋肉下にシリコンパッドを入れたすべての人に共通するかどうかわからないが、私の場合は、これがあまり良い結果につながらなかった。弱めにマッサージした右側はだんだん周りがくっついてきてしまったのだ。それに気がついて慌てて右側も強くマッサージをしたものの、左と同じようにはならなかった。つまり、マッサージはじめの一カ月から二カ月が非常に重要で、その後はいくらやってもたいして変わらなかったのだ。変わらないけれどもしかたないからやり続けてみた。しかし大した変化は起きない。ケア次第でどうにかなったことだと思うとかなり腹が立つ。

しかもこれがまただれに見せても、

「え、そんなに違うか？」といわれてしまうのであった。配偶者に見せたときも、

「よくわからない。ちゃんとしてると思うけど……」

癌を執刀して下さった先生に見せても、

「綺麗じゃないか」

配偶者はさておき、癌の執刀医の先生はこれまでたくさんの再建乳房を見てきている。そのなかでもかなり綺麗なできだというのだ。えええーーーーーー。こおーれえーでええええーーー??

乳房再建ってそんなものなんですか。男性っておっぱいが好きだとかなんとか言うけど、私への発言に嘘がないと仮定するならば、女性の十分の一もちゃんと見てないことになる。ちなみにずっとあとになって自分もかなり落ち着いてから、女友達とスーパー銭湯に行って乳房を見せたことがある。開口一番、

「その(メスの)傷は、とれないものなんですか」である。

そう、双方の乳房の下には赤くメスの跡がついている。消えない。もともとケロイド状になっていたからそれよかマシくらいにしか考えていなかったが、健康な女性にすればそれでも卒倒したいくらい嫌なものに映るのだ。まあ傷はもともとそこまで期待しちゃいなかったからいい。

どう考えたってこんな皮膚の薄くて微妙な張りがかかるところの傷をなくすのは難しそうだし。しかし左右の乳腺を全部とって、同じ形のシリコンパッドを両方に入れてだよ、形に

差が出るのはやっぱりおかしくないか。

「そりゃあねー、そういうものですよ。私だって作ったまんこを何百回鏡で見たことか。日本で一番自分のまんこを眺めてるんじゃないかと思いますよ」と慰めて（？）くれたのは、友人の能町みね子さんだ。彼女は生物学的には男性として生まれてきたものの、女性器が欲しくなったため性転換手術に踏み切った。ところが作った女性器の形がやっぱりものすごく気になるのだそうだ。やはり人工物だからこそ、「どこまで本物に見えるか」に神経質になるものなのだろうか。

彼女はまた女性ホルモン注射で乳房ができている。ちいさめだけれど、これはこれで大事にしたいと思うんだそうだ。ヨガ教室が一緒だったので更衣室でちょいとのぞいたら、かわいい胸だった。小さいけれど、柔らかそうで「自然」なのだ。生まれつきじゃないかもしれないけれど、「自然」なのだ。ああ自然って難しい。

でもそれを大事にしたい能町さんの気持ちはなんだかとってもよくわかるのだ。私の切る前の胸もこれくらいだったし。私には乳腺自体がないんだから、ホルモン注射したところでどうにもならない。そんなふうに乳房を大事に思えるのはちょっとうらやましいなあとすら思った。彼女は続けて言う。

「所詮ホンモノにはかなわないんですよ」

あ。

そうだ、そうだった。彼女の言うとおりだ。保険適用予算内で「らしきものがつけばよし」ではじめたことじゃないか。術後のケア次第でマシになったのではという気持ちが走ってついキリキリしてしまったが、何をどうがんばってもこれはホンモノにはならないのだ。もうここらで諦めよう。文字通り「らしきもの」はついたのだから。

結局一年くらいして左右の違いはそれほど気にならなくなった。違わなくなったのではなく、自分が慣れて気にしないようになっただけだが。それでもつけないよりはつけて良かったとは思う。服を着るたびに脱ぐたびに落ち込まずに済む。

バストラインが多少上すぎるとか、揺れないとか、細かく言えばいろいろあるけれど、それでも服を着ていてものすごく不自然ということはない。これは私にとっては大きい。落ち込む瞬間は少なければ少ないほうがいいに決まってる。解決しないものと向き合うのは不毛でしかない。人生ごまかしが大切なのだ。

それにしても再建手術の執刀医には病院を移動することを黙っていた（もしくは移動後に病院の選択肢の提示をしなかった）ことも含めて術前術後すべてにおいて説明がどう考えて

も不足していたと思う。インターネットには事実も嘘もなにもかもが無作為に並ぶ。そこで患者それぞれが得られる情報は千差万別であるし、担当医の常識とも同じではない。時間がなくて説明を省きたければ担当医として身につけておいてほしい「常識」を紙に印字して配布するなり読んでおくべきサイトを指示するべきだろう。

その後、乳癌の担当医が、乳房再建を執刀した医師が病院を異動していたことを知り、おどろいて私に聞いてきたため、これまでの経緯を話した。

きちんと抗議する方法もあるし、それこそインターネットで誹謗中傷なんでも自由だ、このご時世言った者勝ちだとも言われた。しかしよく聞いてみると、担当医のところからの紹介で乳房再建を例の医師にしてもらったほかの患者は、だれもなにも問題がなかったそうなのだ。

先生の口ぶりから、なにかトラブルがあって病院を異動することになった可能性も読みとれたので、まあ彼の性格も悪かった上にタイミングも悪かったし、医師に対して下手にでない私も悪かったというべきなのだろう。

病院に抗議する気ははじめからあまりなかった。彼にはその都度不満は伝えたわけであるし、それ以上抗議したりネット上で誹謗中傷を書くのは相当なエネルギーが必要となる。こう言った、いや言わないという不毛な争いになるのは目に見えている。これまで書いたのはほんのごく一部でもっとたくさんむかつくことを言われたのだが、いちいち記録をつけていたら本当に自分が弱ってしまうと思ったのでその都度忘れるように努めてきた。

普段でさえ私は巨大掲示板や個人ブログでの誹謗中傷書き込みなどを読むのが苦手だ。人の悪意が怖い弱虫なのだ。たまーにおもしろいからとすすめられて読むとぐったりして具合が悪くなってしまう。これだけ捻くれたことを書き綴っていて意外に思われるかもしれないが、ダメなものはダメなのだ。これを書くのにも相当エネルギーを必要とした。これ以上どうでもいいことでNK細胞を減らしたくない。

それに私自身も彼の執刀に落ち度があるとまでは思ってはいないのだ。あくまでも一貫した説明不足によって安心して治療を受けられなかったことと、それが術後のケアに影響したことが不満なだけなのだ。ならば彼でも必要とする患者もいるかもしれない。

まあ、ここまで書いたのだからついでにもう一声だけいくと、

「もとの胸（マンモグラフィーのフィルムがあるのでわかる）より大きくなったんだからいいだろう」と言われ、最後にマジギレと相成った。

何に対して不満に思っているのかが最後までまったく伝わっていなかった。本当に残念だと思う。

この問題に男性医師が関わるのはほんとうに難しい。できれば女性の形成外科医が増えてほしいと切に願う。

そして現在

乳房再建手術をしてから早いもので二年経過した。はじめの癌を切除する手術からは五年。その間に再建を入れて四度の手術を受けた。今のところ新しい癌は見つかっていない。癌の場合、病院側が「完治」を言い渡すことはないようだ。すべての癌がない状態が続いていることは「完全寛解」と言う。

しかしながら、私は元気なのである。健康といえるかどうかはわからないが、すくなくとも日常生活は生まれてきてはじめてというくらい爽快だ。これまで書いてきたように、癌になる以前よりもずっと元気だ。毎日よく眠ることができるし、徹夜で仕事をすることもできるようになった。本当に奇妙なことだと思う。ほぼ半病人だった三十代の私を知っている友人たちからは、文字通り驚愕される。

癌を切除したからというよりは、ヨガで体質が変わったのだと思うが、そもそも癌にならなければ切除手術後のダメージに苦しんだりもせず、ヨガもはじめなかったことだろう。別々のことのようでいて、すべてがつながっている。

四度の手術で私が得たこと、それは人間は所詮肉の塊であるという感覚だろうか。何度も何度も人前で裸にされて、血や尿を絞り出しては数値を測って判断され、切り刻まれ、自分に巣喰う致死性の悪性腫瘍という小さな細胞を検分されるうち、自分を自分たらしめている特別な何かへのこだわりが薄れてしまった。人間なんてそんなごたいそうなものではない。仏教の僧侶《そうりょ》が言うとおり、口から食物を入れて肛門から出す、糞袋《くそぶくろ》にすぎない。

私のように意志ばかり肥大させて生きてきたような人間には、それはちょうど良い体験だったのかもしれない。独立した存在であるように思っていた精神も、所詮脳という身体機能の一部であって、身体の物理的な影響を逃れることはできない。私はそれをあまりにも無視して生きてきたんじゃないだろうか。

ただし、意志だけで生きてきたこれまでの人生、身体はつらかったけれども、たのしいこともたくさんあった。身体（と生活）を極限まで無視した分、得がたくおもしろいことを見れたし、学べたという自負はある。でも癌を作るまで（?）身体を本気で怒らせることになったのはまずかった。癌を通じて、私の意志は一度身体に降参し、身体のいいなりになるしかなかったのだ。

だから、これらの体験は私にとっては病との闘いというよりは、意志と身体との闘いであったと思う。これからは双方並び立つうまいバランスをとるように再構築していかねばならない。

ヨガを続けているせいなのか、身体の活性化は続いている。ここ二年で二つ大きく変わったことがある。一つは酷いO脚が改善されたのだ。足腰全体の柔軟性が増し、脚の内側の筋肉や腰の中の筋肉がつくことで、拳《こぶし》二つ入るくらい開いていて、どんなに力をいれてもつかなかった膝が、ぴたりとつくようになった。O脚を直すプログラムをとったわけではない。私が通っている複数のヨガスタジオにはどこにもそんなコースはない。私とヨガとのつきあいは、今のところ身体をリセットしてぐっすり眠るための呼吸と動きを得るためという域を出ていない。

もともと腰痛暮らしが長かったので股関節は異様に硬い。柔らかくしようと自分で強引に伸ばすとかならず酷い腰痛に襲われてきたので、スタジオで無理のない程度に伸ばすだけで、自宅では絶対にいじらなかった。それでもすこしずつやっているうちに以前よりは柔らかくなった。それで気がついたら両膝がつくようになったのだから、得したというか、キツネに化かされてるような気すらしてくる。腰の調子もすこぶる良い。

膝がつくようになったといっても力を抜けば広がる。長年の癖はそう簡単に抜けない。普段から姿勢に注意しなければならないと、立ち方や歩き方に気を付けているうちに太かった足首も締まった。あくまでも自己満足の範疇であるが、内側に筋肉がついて脚の形全体が変わった。

実はO脚こそ胸が小さいことよりもずっとずっと深刻に悩んでいたことで、脚を出す服など着たこともなかったのだ。中学生のときには脚を縛って寝ていた。高いお金を払ってO脚矯正をしたいと思うこともあったが、お金だけとられてなにも変わらなかったときの失望が怖くて、踏み出すことができなかった。先日実家の母に脚を見せたところ、絶句していた。

二つ目はすこしずつ体温が上がり、だいたい毎月生理がくるようになったことだ。これまで夏ですら靴下を脱いだことがなく、汗もかいたことがなかった。生理周期による体温変化も、生理前の憂鬱も生理痛も、初潮以来ほとんど体験したことがなかった。まともな生理がくるのは年に一回か二回という調子だったのだ。実に恐ろしい。

会社員をやっているときには冷房に毎日当たっているうちに微量の出血が止まらなくなって、さすがにおかしいかもしれないと名医と評判の産婦人科に行ったところ、「結婚もしてないのに来るな。漢方でも飲んどけ」とこれまた男性医師にとんでもない言葉を投げつけられ、怒り狂って病院に行くのをやめてしまった。婦人科に行くべきだったのだろう。子どもを産みたいという欲求もなかったのでそのまま放置していたので自己診断だが、ずっと無排卵性月経だったと思われる。

それがホルモン療法をやめてから半年ほどで、体温が変化するのがはっきりわかるようになってきた。四十年も生きてきてろくに知らなかった「女の面倒事」も一気に押し寄せることとなった。

夏場には汗をかくようになり、生理前にはかなり憂鬱になる。生理一日目にはお腹にホカロンを貼ってホットカーペットにへばりついて痛みをやりすごす。なるほどはじめて生理休暇の意味が身体でわかった。こりゃつらい。ねえ、みんなこんなことを何十年も続けてきたわけ？　すごいねえ？　と女友達に真顔で言って呆れられた。

身体が成人女性のあるべき状態に戻ってきているのだからいいことなのだろうが、いまだに慣れない。ずっと無縁できたことなのだから、風邪かインフルエンザくらいにつらく感じる。毎月なんじゃこりゃあ、暑いよ寒いよと大騒ぎしている。冷え性だけが治って、生理痛がなければ最高なのだが。きっと慣れないうちに更年期障害がやってくることだろう。

それどころか推定排卵日あたりに三十九度の高熱を出すようになってしまった。急に節々が痛くなり、丸一日高熱が出て、翌日にはケロリと治る。なんだかよく変な風邪をひくなあと半年くらいぼんやりしていて、ようやく生理周期に関わっている気がしてきた。

慌てて子宮を検査してもらったところ、まるで異常なく、原因として考えられるのは、ホルモン療法の反動で子宮が活発になりすぎているのではとのことだった。思ったよりも相当強い薬なのだそうだ。

知人に鍼《はり》をすすめられたが、以前に挑戦したときに痛くて怖くて続けられなかったので、お灸《きゅう》を試してみることにした。ツボの本を買ってきて、血海という婦人病全般にきくというツボを押してみると、たしかに生理前には凝りが感じられて痛い。おもしろくなって毎日、血海にお灸をし続けてみたところ、症状は治まってきた。

ところで普段の体温が約○・五度上がることで、ここまで身体が変わるとは思わなかった。真冬には痛いほどに冷えていつもホカロンをたくさん貼り付けていた脚も、随分楽になった。真夏にはブラウスの腋下に生まれてはじめて汗染みを作って慌てた。冷房を恐れずに、素足にサンダルで出歩けるようにもなった。

腰痛が治っていたこととも重なり、四十を過ぎて急に化粧をして膝丈のスカートにヒールの靴を履けるようになったのだから、人生何があるのか本当にわからない。先日も近所の文房具店の人に、

「わっ、スカート穿いてる！」と凝視された。

もともとお洒落はとても好きだったので、洋服の選択肢が広がったことは単純にたのしい。昔からの知り合いにはいい歳をして急に色気づきやがってという視線をいただくときもあるが、別にマイクロミニを穿いてるわけじゃなし、こんなもの色気のうちにも入らぬわ。知っ

たことか。たのしけりゃきっとNK細胞も増えてくれることだろうし。

元気だからといって癌のキャリアであることも乳房を失ったことも変わらないし、忘れているわけではない。治ったと思っているわけでもない。なぜ癌で死んでいく人がいる一方で、自分は死なずにまだ生きているのか、乳房をなくして、なぜこんなに元気になってしまったのか、たのしく生きていていいのか。ま、たのしく生きるしかないんだけど。混乱と戸惑いは、ずいぶん落ち着いて、居直りつつあるとはいえ、いまだにブスブスとくすぶっている。癌で死んでいった友人知人、現在必死に治療している知人を思うたびに、猛烈に悲しくなって泣けてくる。

困ったことに、身体と同じ速度では精神は回復してくれなかったということだ。

乳房再建手術の前後の精神状態は特にひどかった。毎月ひとりで海岸に出かけては満月を眺めるようになった。月に一度だけの休みをとる区切りとして、満月がちょうど良かったということもある。満月と向き合うのは一年におよそ十二回。天候によって観測できない月もかならず出てくるので、だいたい十回くらい。ものすごく少ないわけでもないけれど、決して多くはない。絶妙な回数に感じられた。

気がつけばあるものと思ったものは、観ようとすると案外捕えにくいものだった。一生のうちで何個の満月をどんな場所で観ることができるのだろう。そう思ったら、急に惜しくなって逃すまいと、空から目が離せなくなっていた。

月が東の地平線から昇る時刻は毎日約一時間もずれていく。今日七時に昇った月は、明日は八時近くにならないと昇らない。そんなことも知らなかったので、はじめのうちは月を探してうろうろしたものだった。

しかし変な凝り性を発揮して国立天文台のサイトを読み、関連書を読み（月だけに限った観測の手引きはとても少ない）、方位磁石を持ち歩くようになり、気がついたら満月だけでなく、半月も新月も、とにかくいつも今ごろ月はどこにいるのか、欠けているのか、満ちているのかを把握するようになった。

二〇〇八年の満月はとにかくいろんな場所で観た。仮眠をとりながらホテルの部屋から観続け、水平線ちかくで淡く消えていく赤い月を観たこともあるし、十二月には夜通しサハラ砂漠のテントから天空に円い弧を描いて昇り沈んでいく月をずっと眺めたこともある。

いささか常軌を逸していたかもしれない。いや、かなりやばかったかもと思うが、そうでもしないことには気持ちのバランスがとれなかったのだからしかたがない。だれかに泣き言を言ったり迷惑をかける

犬吠埼の
月の出
きれいな
月の道が
海面に映る

わけでもなく（たぶん）、心療内科の世話にもならず、睡眠薬すら飲まず、仕事に大穴もなんとかあけず（かなり遅くなってご迷惑はたくさんかけているけれど）、一応ひとりでなんとかしたのだから、まあ、月を追いかけるくらいは大目にみてほしい。

昨年、ようやく観月に友人を誘えるようになり、ああ落ち着いてきたんだなと思った。友人たちとわいわい観る月はまた格別にたのしい。それとともに以前のように必死に月を追いかけるようなことも少なくなってきたように思う。

自分にとって病とは、身体とはなんだったのか、なんだろうかと改めて思う。

私は本当に癌なのかなと思ったりもする。いや、切除した細胞片は立派な悪性腫瘍、つまり癌だと言われたのだし、胸を触れば固いし、ちゃんと見れば不自然だし、縫い傷は赤いし、やっぱり癌キャリアなんだろうなと何度も思いなおす。

しかし同時に私の身体は生きてきて、今が一番まともに活動しているという感覚に満ち溢れている。ほんとうに不思議だが、そうなのだからしかたがない。基礎体温がきちんと変化するようになってから余計にそう感じる。まるで別の身体に自分の脳だけを移植したのではないかと思いたくなるくらいの違和感だ。ある朝起きたらまた虚弱な身体に逆戻りしているのではないかと、目を覚ますたびに身体の小さな変化に耳を傾けてしまう。

ただ、今このときをだるさも痛みも痒みもなく、すっきりと机に向かい、深く眠りおいしくご飯を食べることができるのならば、体内のどこかに癌の芽が再発するときを待って眠っていようが、それでもう十分な気がするのである。たとえ短い期間になるのかもしれなくても、今気持ちよく動いてくれる身体を味わうことができて、たのしく暮らせるのがとても嬉しいのだ。

私は今日も身体のいいなりなのである。

謝辞

この本を書くにあたり、三人の編集者の方々にお世話になりました。三人のだれが欠けても、書ききることはできなかったと思います。

自分の体験を考え直すきっかけを作ってくださった塚田眞周博さん、書きはじめる勇気を与えてくださった小柳暁子さん、最後まで辛抱強く原稿を読みサポートしてくださった四本倫子さん。そして素敵な装丁を施してくださった葛西恵さん。改めてありがとうございました。

そして、心身共に滅茶苦茶のもみくちゃ状態にあった五年間、見守ってくれた家族とすべての友人、特にたくさんの助言や励まし、そして考えるヒントをくださった能町みね子さんと、鈴木珠理さん、深く感謝しております。

最後にながらく頑迷だった私の身体の治療や調整に手を貸してくださったすべての施療師と医師の先生方、看護師のみなさんと、ヨガのインストラクターの方々、本当にありがとうございます。またお世話になるかもしれませんが、そのときはどうかよろしくおねがいします。

二〇一〇年　立冬十日夜の月

内澤旬子

「一冊の本」二〇〇九年五月号から二〇一〇年十二月号までの連載に大幅に加筆修正しました。

身体《からだ》のいいなり

二〇一〇年十二月三〇日　第一刷発行

著　者　内澤旬子《うちざわじゅんこ》

発行者　島本脩二

発行所　朝日新聞出版

〒一〇四-八〇一一　東京都中央区築地五-三-二

電話　〇三-五五四一-八八三二（編集）　〇三-五五四〇-七七九三（販売）

印刷製本　図書印刷株式会社

ISBN 978-4-02-250819-5

定価はカバーに表示してあります。

落丁・乱丁の場合は弊社業務部（電話〇三-五五四〇-七八〇〇）へご連絡ください。弊社送料負担にてお取り替えいたします。